황태순 1935년 11월 21일생

이 책에 실린 연구성과는 한국학술진흥재단(KRF-2005-078-HL0001)의

지원으로 이루어졌습니다.

한국민중구술열전 26

황태순 黃泰淳

1935년 11월 21일생

이양호

20세기민중생활사연구단

눈빛

이양호 李良浩

영남대학교 대학원에서 독일의 철학자 셸러(Max Scheler)의 철학적 인간학과
종교철학을 전공하여 철학박사 학위를 취득하고, 현재 영남대 20세기민중생활사연구단
연구교수로 재직하고 있다. 주된 관심사는 '인간'과 '인간을 넘어선 것'의
관계방식이며, 민중의 삶에 대한 연구도 그 연장선상에 있다.
『오늘의 철학적 인간학』(경문사, 1997, 공저), 『초월의 행보』(담론사, 1998),
『막스 셸러의 철학』(이문출판사, 1999), 『방법으로서의 종교』(이문출판사, 2003),
『흙과 사람』(소화, 2005, 공저), 『여기원 1933년 10월 24일생』(눈빛, 2005) 등의
저서와 『서양철학 입문』(이문출판사, 2002) 외
다수의 번역서 및 논문이 있다.

한국민중구술열전 26

황태순 1935년 11월 21일생

편찬 총괄 ― 박현수

초판 1쇄 발행일 ― 2007년 9월 29일
발행인 ― 이규상
발행처 ― 눈빛출판사
　　　　서울시 마포구 상암동 1653번지
　　　　DMC 이안 상암2단지 506호
　　　　전화 336-2167 팩스 324-8273
등록번호 ― 제1-839호
등록일 ― 1988년 11월 16일
편집 ― 정계화·고성희·박보경·최지영
출력 ― DTP하우스
인쇄 ― 예림인쇄
제책 ― 일광문화사
값 7,500원

Published by Noonbit Publishing Co.
Seoul, Korea
ISBN 978-89-7409-736-3

20세기민중생활사연구단과 '한국민중구술열전'

박현수

어느 시대에나 사람들은 자기 시대가 급변하는 시대라고 생각하였다. 그러나 20세기의 변화는 그러한 급변의 시대와 달라서 한 사람이 나고 자라서 늙는 동안에 자연의 변화를 느낄 수 있을 정도의 절대적인 변화였다. 이토록 현기증 나는 사회·문화 변화의 속도는 우리들로 하여금 '20세기민중생활사연구단'의 깃발을 내세우고 그 아래 모이게 하였다. 나날이 사라져 가는 가까운 옛날의 일상을 서둘러 기록하고 해석하여 민중생활사를 중심으로 새로운 역사를 구축하기 위한 자료를 집성하기 위함이었다. 소멸과 망각의 위기에 대처하여 지난 백 년의 민중생활 자료를 살려내고 이를 전산화하여 누구나 이용할 수 있게 하자는 것이었다. 우리 이웃의 일상생활을 중심으로 새로운 역사를 구성하면 역사는 민주화되고 한국 인문학은 새로운 바탕 위에서 새롭게 출발할 수 있을 것이 아닌가. 2002년에 조직된 우리 연구단의 목적은 여기에 있다.

우리가 걸어온 가까운 옛날을 잃어버린다면 우리는 그보다 조금 더 오래된 옛날과 분리되어 버린다. 풍경은 근경에서 원경으로 연속되어 전개되어야 완벽한 풍경이 되듯이 시간의 풍경도 원근법을 갖추어야 한다. 시간의 깊이가 보이지 않는 풍경은 촬영장 세트처럼 우리를 어지럽게 만든다. 가까운 옛날의 역사를 상실하면 의식의 필름도 끊기는 것이다.

　가까운 시대의 역사 중에서도 친숙한 생활의 역사가 제 위치를 차지해야 한다. 가까운 시대와 이웃의 생활사를 원근법에 맞춰 살려내는 것은 역사에 기록을 남기지 못한, 역사 없는 사람들의 역사를 복권시켜 역사를 민주화하는 일이다.

　문헌자료를 최고의 사료로 평가하는 역사학은 그 자료의 성격과 한계 때문에 가까운 이웃의 일상적 생활사에 접근하기 어렵다. 한국 고고학은 산업화와 개발을 위한 치다꺼리에 바빠 그런 이웃의 과거에 관심을 보이지 못하였다. 이제 새로운 주제에 대한 총체적 접근을 위해서는 새로운 자료들에 착안해야 한다.

　기성 학문체계를 바탕으로 하는 학문의 울타리는 이러한 접근에 도움을 주기 어렵다. 그 울타리를 허물고 20세기민중생활사연구단에 모여든 백여 명의 연구자들은 이제껏 소외되어 온 역사학의 이른바 보조사료(補助史料)들을 재평가하여 중시하게 되었다. 거대한 경관으로부터 조그만 부엌 살림살이나 어린이 장난감에 이르는 생활의 물증(物證), 앨범에 간직된 개인적 사진, 각종 서류, 이제껏 사료로서 이용되지 못한 문학작품 또 기록영화나 극영화 자료 등이 유기적으로 동원되어야 한다.

　특히 중요한 것은 형태가 없는 이야기들이다. 한 사람의 가슴과 머릿속의 이야기도 몇 권의 책으로 엮을 만큼 귀중하고 풍부하다. 그러나 아무도 들어줄 사람 없고, 아무에게도 들려주지 못하고 세상을 뜨게 되는 것이 보통 사람들의 이야기다. 민중의 이야기는 역사 없는 사람들의 역사를 구성하는 기본 자료일뿐 아니라 가장 풍부한 자료인 것이다.

　흔히 역사 없는 사람이 살아온 이야기는 '생애사(生涯史)'라 불러 역사에 이름을 남길 만한 사람의 '전기(傳記)'와 구별한다. 문자 기록이 적거나 없는 집단의 역사는 에트노히스토리(ethnohistory)라 하여 문헌자료를 바탕으로 하는 '진짜' 역사, 히스토리와 구별한다. 이런 자기 문화 중심주의를 지양하지 않고서 한 걸음 나아간 역사 서술을 기대한다는 것은 어불성설이다. 문자 자료가 없는 사람들의 구술을 바탕으로 전기를 기록하는 작업은 구술자와 연구자의 대화다. 역사 서술의 주체와 객체를 통합하거나 아니면 적어도 접근시키는 일은 새로운 역사의 기본 조건이다.

역사는 항상 새로 써야 한다지만 역사를 한 번 쓰고 버릴 일회용품으로 생각하는 것은 역사허무주의에 다름 아니다. 희랍어 '히스토리아'는 원래 이야기를 뜻하다가 나중에 과거지사(過去之事)까지 뜻하게 되었다. 독일어 '게쉬히테'는 원래 과거지사를 가리키다가 나중에 이야기도 뜻하게 되었다. 같은 말로 표현되더라도 과거지사 자체와 이에 대한 이야기나 담론(談論)은 구별되어야 한다.

그렇다면 무엇이 중요할까. 고대 중국에서도 '술이부작(述而不作)'이라 하여 지어낸 이야기보다 사실 기록을 중시하였다. 사라져 가는 20세기 민중생활의 역사에 대하여 그럴 듯한 담론을 전개하는 것보다 생활의 역사에 관한 사실을 찾아내어 이를 기록해내는 일이 절실함은 당연하다. 마지막 잎새처럼 아슬아슬하게 남아 있는 민중의 일상 모습을 기록하는 일은 지금 아니면 도저히 할 수 없다. 그것은 이 시대의 시민인 우리가 하지 않으면 안 되는 일이다. 이는 역사를 남기지 못한 채 세계적으로 가장 어려운 시대를 살았던 사람들에 대한 최소한의 예절이며, 자라날 후손에게 뿌리를 보여주는 최소한의 배려다.

이러한 작업은 그 작업 과정 자체가 중요한 구실을 한다. 자기의 일생을 이야기하여 시대를 증언하는 사람과 이 이야기를 듣고 받아내는 연구자가 마주앉는 것은 개인의 역사를 사회의 역사 속으로 또 사회의 역사를 개인의 역사에 편입시키는 일이다. 이러한 과정에서 이야기를 펼치는 노인들은 커다란 심리적 만족을 숨기지 않는다.

본 연구단은 새로운 자료들을 '디지털' 방식으로 정리하면서 전통적 방식으로 사진전을 열고 사진집을 인쇄하여 간행해 오고 있다. 2005년 여름에는 이십여 명의 구술자료로 '20세기 한국민중의 구술자서전'이라는 큰 제목 아래 6권의 책을 엮어 낸 바 있다. 이어서 한 사람의 이야기를 한 권의 책으로 펴내는 '한국민중구술열전'을 계속하여 간행해 오고 있다. 앞으로 계속 간행해야 될 이 총서를 무엇이라고 불러야 될지 활발한 논의 끝에 '한국민중구술열전'이라는 총서명이 결정되었다. 후보 제목으로 올랐던 것에는 '우리 곁의 위인' '민중이 이야기하는 어제와 오늘' '이웃이 이야기하는 우리 시대' '이웃들은 어떻게 살아왔는가' '위인전' 대비(對比)열전' '대비구술열전' '진짜 위인전' '평범한 사람을 찬양하자' 등이 있었다. 이들 모두가 본 연구단의 지향점과 이 총서의 실체를 잘 보여준다.

이제껏 눈길을 제대로 받지 못한 가까운 이웃과 옛날의 생활 모습을 총체적으로 기록, 해석하고 또 온 국민이 이용할 자료집성을 구축함으로써 빈사의 한국 인문학을 구출하겠다는 연구단의 야심찬 계획은 이제 외로운 작업이라 할 수 없다. 한국학술진흥재단의 적극적 지원을 얻게 되었기 때문이다. 이 재단을 통하여 우리는 국민의 지원을 받고 있는 것이다. 우리의 작업을 도와주는 모든 이웃에게 감사의 말씀을 드리지 않을 수 없다. 〈20세기민중생활사연구단장·영남대학교 문화인류학과 교수〉

"일거리만 있으마 나는
안 놀고 뭐든 한다"

차례

서문

이양호

    돌이켜 생각해 보면 지금까지 살아오면서 하루도 쉬운 날이 없었던 것 같다. 내가 헛되이 낭비한 '오늘'은 어제 생을 마감한 사람이 그토록 간절히 소망하던 '내일'이라는 생각에 시간을 가능하면 소중하게 보내려고 하다 보니 그랬을 것이다. 하지만 역사 없는 사람들의 역사를 기록하고 민중들의 삶의 자취를 찾는 작업을 하면서 그런 생각이 필자의 어설픈 자기변명에 불과했다는 것을 깨닫는 데는 그리 오랜 시간이 걸리지 않았다. 왜냐하면 자신에게 주어진 유한한 현실을 자신이 피할 수 없는 부분으로 인정하고, 그 유한한 현실의 제약 속에서 실현 가능한 자신의 길을 삶의 과제로 선택하여 '하루도 쉬운 날이 없이' 치열하게 살았던 사람들은 바로 민중들이었음을 알게 되었기 때문이다.

    구술자 황태순이 바로 그러한 사람들 중 한 사람이었음을 우리는 그의 구술을 통해 명백히 확인할 수 있다. 그는 고달픈 현실의 매 순간마다 선택의 기로에 섰고, 그때마다 최선의 길을 찾으려고 노력했으며, 일단 선택한 것에 대해서는 최선을 다하는 모습을 보여주었다. 그가 처했던 환경과 그 환경으로 인해 그가 선택해야 했던 삶의 자세는 비록 그를 부자로 만들어 주지는 못하였으나 그를 진정 당당하고 겸손하며 자유로운 사람이 되게 하였다. 이 글은 바로 그것을 보여주는 소중한 기록이다. 바라건대 '소리 없이 강하게' 우리의 역사를 이끌어 온 구술자의 이야기를 통해 독자들도 필자와 같은 깨달음을 얻었으면 하는 마음 간절하다.

구술자 황태순(黃泰淳)은 1935년 11월 21일 경상북도 군위군 효령면 행동(杏洞)에서 덕산 황씨 집안의 오남매 중 막내로 태어났다. 집안 형편은 그리 어려운 편이 아니었으나 많은 식구로 인해 풍족한 편도 아니었다. 해방되고 일 년 뒤 11살이라는 늦은 나이로 문화 유씨 정자를 빌려 개교한 오천국민학교에 입학하였다. 이 년 뒤에는 집안 살림을 위해 손이 부르트도록 길쌈을 했던 한 분뿐이던 누님을 '지금 같으면 하찮은' 독감으로 잃는 슬픔을 겪었다. 1950년 6·25전쟁이 터진 지 열흘 만에 소식을 듣고 얼마 후 온 식구가 대구로 피난을 떠났다가 그해 삼동에 다시 돌아왔다.

오천국민학교를 졸업하고 군위까지 이십 리를 걸어서라도 중학교에 다니고 싶은 마음이 간절하였으나 "너는 힘이 세서 농사를 짓는 게 낫다"는 부모님의 권유에 중학교 진학을 포기하였다. 그러나 그것은 공부를 잘해 사범학교를 다니고 있던 셋째 아들의 학업을 위해 막내가 양보했으면 하는 부모님의 완곡한 표현이었음을 뒤늦게 알게 되었다. 서운했지만 어쩔 수 없이 부모님의 뜻에 따라 본격적으로 농사를 짓기 시작하였다.

스무 살 무렵, 나락농사, 보리농사 외에 과수농사, 담배농사를 지으면서 어느 정도 농사일에 이력이 붙을 즈음 농사일에 회의를 느끼게 되는 사건을 경험하게 된다. 피난길에서 얻은 폐병으로 고생하던 둘째 형님이 딸 하나만을 남겨 둔 채 세상을 떠나고 말았던 것이다. 사실 대구 동산병원에서 소 한 마리 값만 있으면 형님을 살린다고 했으나, 당시 농촌에서 한 재산인 소가 아까워 끝까지 팔지 않았던 아버지의 고집 때문에 결국 형님이 세상을 떠났던 것이다.

그런 일이 있은 후 농사일을 그만두고 공장에 들어가고 싶었으나 대구에도 드물었던 공장이 군위 지역에 있을 리가 없었다. 마침 외사촌이 일본에서 배워 온 기술로 부산의 큰 공장에 취직해 있다는 소식을 듣고 그 공장에 취직하려고 찾아갔으나 기술도 없는 시골 청년을 받아 줄 만큼 현실은 만만하지 않았다. 공장에 취직하여 시골에서 벗어나고자 했던 시도는 끝내 무위로 돌아가고 군에 입대하기 전까지 농사를 지을 수밖에 없는 처지가 되었다.

1958년 영장이 나온 지 일주일 만에 군에 입대하여 수송부에서 운전병 교육을 받고 대전 3관구사령부에서 그 어렵다는 운전면허증을 취득하였다. 운전병으로 북파공작원을 교육하는 방첩부대에서 복무하던 중 아버지가 위독하시다는 연락을 받았으나 군에서 휴가를 보내 주지 않아 임종을 지켜보지 못하였다. 방첩부대의 인원감축으로 경기도 포천의 26사단 포병부대로 옮겨 그곳에서 제대할 때까지 복무하였다. 제대하기 보름 전 고향에서 보내 준 결혼할 아가씨 사진을 받고 제대할 날짜를 기다렸으나 상부에서 제대 날짜를 지키지 않고 차일피일 미루는 바람에 애를 태웠다.

결국 1961년 제대를 하고 일주일 만인 섣달 스무이레날, 고향에서 군위 산성면 금둥굴 출신의 밀양 손씨 집안 처녀와 결혼하였다. 일 년 뒤 신부를 데려와 큰집에서 신혼살림을 차려 두 아들을 그곳에서 낳았으나 안식구가 동서 시집살이로 고생하자 사 년 뒤 큰딸이 태어날 무렵 큰집 가까이에 집을 지어 독립하였다. 살림을 나려고 형님의 허가도 없이 산에서 나무를 몰래 베다가 군 산림계의 단속에 걸려 감옥에 갈 뻔했으나 미친개에 물린 산림계장의 부인을 살려 준 전력으로 무사히 풀려나기도 하였다.

1968년 농사일도 전망이 없고 아이들도 이런 저런 병으로 고생하자 고향을 떠나 종누이가 살던 대구 신암4동에 달세를 얻어 이사하였다. 일 년여간 동대구역 건설 현장에서 막노동 인부로 일하면서 생계를 꾸리다가 1969년 달세로 살면서 아이 셋을 키우기 어려워 고향에 있는 집을 뜯어와 대구 방촌동에 집을 지어 정착하였다. 뜯어 온 집을 한창 짓고 있던 중 어머니가 돌아가셨다는 소식을 들었다.

몇 개월간 일 없이 지내다가 1970년 대구 본역 '대한통운'에서 하역작업 인부인 마루보시를 뽑는다는 소식을 듣고 소 한 마리를 판 돈 오만 원을 써서 취직하였다. 이후 고달픈 마루보시 생활이 팔 년간 이어졌고 부인도 '남선알미늄'에 취직하여 새시 만드는 일을 하기 시작하였다. 부정부패가 심했던 당시 마루보시 분회장을 법정소송을 통해 축출하는 등 건전한 일터를 위해 앞장서서 노력했으나 당시 노동운동에 민감했던 중앙정보부의 압력에 의해 법정소송 당시 자신을 지지했던 50명의 사람들이 일자리를 잃을 처지가 되자, 1978년 미련 없이 마루보시를 그만두고 말았다. 죄 없는 사람이 오히려 죄인 취급받는 부조리한 현실이 싫었던 것이다.

중동 취업 붐이 불기 시작하던 1979년 자녀들의 학비를 벌기 위해 다시 대한통운에 취직하여 사우디 담맘 항 하역 인부로 가게 되었고, 그곳에서 대형화물선 하역작업중 죽을 고비를 넘겨 가며 일 년 이 개월가량 일하다 귀국하였다. 사우디에서 돌아온 후 종 누이가 운영하던 '제일농기구'에 들어가 눈칫밥을 먹으며 팔 년간 일했는데 이때가 구술자에게는 참으로 어려운 시기였다. 친척 밑에서는 월급쟁이 하지 말아야겠다고 생각하면서 농기구 일을 접고 제일합섬 하청 섬유공장에서 일했으나 회사가 어려워져 사 개월 만에 그만두고 다른 일이 생길 때까지 막노동 일을 하였다.

다행히 '청구주택'에 가구를 납품 하던 '영전산업'에서 문짝 만드는 일을 하게 되었으나 IMF사태로 청구주택이 부도가 나는 바람에 회사가 문을 닫게 되었다. 그동안 일한 임금으로 육 개월짜리 어음을 받았지만 그나마 그것도 휴지조각이 되고 말았다. 일을 쉴 수 없어 다시 '인터불고 호텔' 건설현장을 지키는 경비로 구 개월간 일하고, 1999년에 회사로서는 마지막으로 영천에 있는 '유성자동차부품회사'에 취직하여 삼사 년 일하였다.

다시 그곳을 그만두고 2002년부터 대구 동구보건소에서 가로수와 하수도 등에 약을 치는 공공근로 일을 하면서, 틈틈이 주변에서 인부가 필요한 일은 있는 대로 맡아 하다가 2005년 뇌졸중으로 쓰러지기에 이른다. 다행히 타고난 건강 덕분에 곧 회복하였고, 이를 계기로 힘든 일로 무리하지 말아야겠다고 결심하게 된다. 그러나 몸에 지장이 없는 한 여전히 작은 일거리는 손에서 놓지 않은 채 여생을 보내고 있다.

황태순을 1인 구술생애사의 대상자로 정하게 된 것은 아주 우연한 기회를 통해서였다. 재작년 동구 상매동 지역을 연구하면서 그 일대를 잘 아는 조일공업고등학교 황광영 선생의 도움을 받은 적이 있었다. 그런데 올해 초 우연히 한 모임에 갔다가 그곳에서 다시 황선생을 만나게 되었고 반가운 마음에 식사를 하면서 이런저런 이야기를 하게 되었다. 그 자리에서 황선생이 필자의 중학교 동창이라는 사실도 알게 되었고, 황선생의 부친이 자기를 공부시키기 위해 얼마나 노심초사하며 살아왔는지에 대한 이야기도 듣게 되었다.

당시 필자는 재개발지역인 북구 대현동의 어느 노인정에 다니는 할머니 한 분을 구술 대상자로 정하고 작업을 진행하면서 마음속으로는 꼭 이분을 해야 하나 하는 회의가 싹트고 있던 중이었다. 왜냐하면 그 할머니로부터 진심이 전해지지 않았기 때문이다. 말하자면 말을 하기만 하면 반복을 일삼고, 진실한 삶의 이야기보다는 자화자찬으로 일관하며, 기억하고 있는 사실들의 왜곡은 말할 것도 없고, 노인정 사람들의 질투까지 겹쳐 문제가 많았던 것이다.

그래서 진행하던 작업을 과감히 접고 작업이 조금 늦어지더라도 원점에서 다시 생각하기로 하였는데, 불현듯 황선생에게서 들은 그 부친의 이야기가 생각나 혹시나 하는 마음으로 황선생에게 의향을 묻게 되었다. 사실 황선생은 상매동 지역을 연구할 때 필자를 도와주면서 이미 우리 연구단의 취지를 잘 알고 있었기에 다시금 이 일을 설명할 필요는 없었고, 기대대로 흔쾌히 협조해 주겠다는 답을 얻었다.

그리하여 3월 말 첫 만남을 시작으로, 처음 살림을 났던 군위의 고향집을 뜯어 와 대구 방촌동에 그대로 옮겨 지어 지금까지 살고 있는 구술자의 집에서 작업은 원활하게 진행되었다. 십여 번의 만남 동안 구술자는 뇌졸중을 겪은 탓에 발음이 조금 어둔했음에도 불구하고 필자의 질문에 솔직하게 답해 주었고, 진심으로 이전의 기억을 떠올리려고 애써 주었다. 그 성격도 살아온 삶만큼이나 소박하고 담담하여 필자는 마치 돌아가신 아버님을 뵙는 기분이었다.

구술을 마친 후 본격적으로 전사 작업을 거쳐 원고를 어느 정도 만들었을 때였는데, 늘 필자의 뇌리를 떠나지 않던 고민이 다시금 떠오르기 시작하였다. 그것은 과연 이 글을 요즘 젊은 사람들이 이해할 수 있을 것인가 하는 것이었다. 그것을 알아보기 위해 인문 및 사회계열 대학원생 몇몇에게 원고를 보여주고 느끼는 점을 말해 달라고 했더니 돌아온 대답은, '문맥은 대충 알겠는데 처음 보는 용어들이 많아 이해가 어렵다'는 것이었다.

그렇다면 어떤 용어가 이해가 잘 안 되는지를 적어 달라고 하자 화산가리, 보도연맹, 서숙, 니꾸사꾸, 본역, 조당죽, 심지어 나락 까지 200여 개 가까이를 적는 것을 보고 상당히 놀랄 수밖에 없었다. 그 모든 용어를 다 설명할 수는 없는 노릇이어서 100여 개 정도만 추려서 각주를 달았는데, 필자는 이 일련의 사태를 통해 세대 간 의사소통의 단절이 생각보다 훨씬 더 많이 진행되었다는 것을 알았고, 당연히 연구자로서 씁쓸한 마음을 감출 수 없었다. 동시에 역사 없는 사람들을 위한 역사 만들기에 못지않게 세대 간의 소통을 회복하는 것이 얼마나 중요한 작업인지를 다시 한 번 각성하게 되었다.

끝으로 이번 작업이 그동안의 구술작업 중에서 기억에 남을 만한 즐거운 작업이었으며, 무엇보다도 이 원고를 끝낸 날이 마침 6·10민주항쟁 20주년이 되는 날이어서 더욱 뜻깊었음을 밝혀 두고자 한다.

1. 양보하고 싶지 않았던
중학교 진학

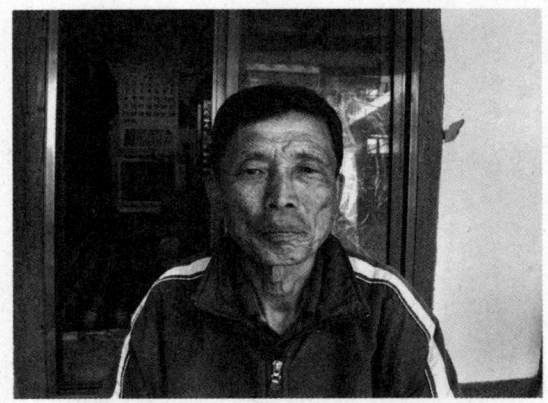

황태순의 최근 사진으로 집 마당에서 찍은 것이다. 황태순은
그 성품이 솔직하고 담백하며, 겸손한 분이어서 편안한 마음으로
구술을 진행할 수 있었다.

홍역 해가 죽으마 출생신고도 없어

연세가 올해 어떻게 되십니까?

우리 나이로 올개(올해) 칠십셋. 본 나이는 병자생(丙子生) 쥐띠니까 칠십둘이지. 원래 삼십오년생인데 호적에는 삼십팔년으로 돼 있고.[1] 왜 냐카면 옛날에는 홍역 해야만 출생신고를 했으니까 내 또래 전후는 다 그럴 기라(거야). 그때 그 마을에 하여튼 처음 홍역 나가 치료 잘못하면 전부 몰사(沒死)해 뿌는(해 버리는) 기라. 그러이(그러니까) 간혹 홍역 나 뻐리면 홍역 다 해야 출생신고 되었다니까.

옛날엔 홍역 때문에 아이들이 많이 죽었겠네요?

그렇지. 거 골짝 가면 애창이라 카거든. 우리 동네 뒷산 쪽에 둘째 형님 밭 있는 데 지나가 있었는데 모산 골짝이라 캤어. 그때는 어느 마을이나 애장터가 있었어. 거 가면 애들 무덤이 총총이 있었다 카이. 말도 못한다. 거기 가면 고마 지게 쪄가 가지고 지게고 뭐고 안 가오거든(가져 오거든). 고마 묻어 뿌고 지게 엎어가 사무(사뭇) 놔두고. 그 골짝에 가면 어릴 때 나물도 안 해 먹고, 이제 귀신 본다고 나무하러도 안 갔다 카이. 골짝이 별도로 돼 있었어. 홍역 때문에 죽은 애들 골짜기가 별도로 있어. 애창 골짜기.[2] 뭐 홍역 하고 나면 출생신고 한다니까. 그 당시에 그것도 없었잖아, 예방주사도 없고 하니 그만치 어려웠지. 근데 나는 어머니 말 들어 보니까 원래 한 열흘쓱(열흘씩) 눕는데 하루 점심 한때배께(밖에) 안 눕었다고 하더라고. 난 원래 건강했어. 그라고 천연두(天然痘) 카는 기 그때 무섭다 캤는데 우리 마을에는 그거로 죽은 사람은 없었어. 학교 댕길 때 그거 예방한다꼬 우두(牛痘, 천연두를 예방하기 위해 소에서 뽑

현재의 행동 마을
모습. 왼쪽 양옥집
바로 뒷집이
황태순의 옛 집이다.

은 면역 물질) 카는 주사 놓는데 팔에다 네 군데나 십자 모양으로 칼로 쫙
쫙 그어가 얼매나 아프던지. 정말 마이(많이) 아팠다. 뭐 그리고 나환자
도 둘썩 셋썩 몰리 댕기미 동냥질을 했는데 마을에 마이 돌아댕깃지. 어
릴 때 무서웠어. 동냥재이 온다 소리만 들리마 우리는 그때 전부 다 숨어
뿟다 카이. 요새 와 각설이처럼 해가 오는 그런 동냥도 있었고.

고향은 어디십니까?

군위군(軍威郡) 호령면(효령면, 孝令面)[3] 노행이동. 지금은 글쎄 노행
이리라고 해야지. 마을 이름은 살구 행 자 고을 동 자 행동(杏洞). 원래 옛
날 말하기를 그래 이름을 지으면 늑대가 안 온다고 그래 이름을 지었다
고 하대. 살구가 새그라워 가지고(시어서) 늑대가 살구 많은 데는 싫어한
다 캐가 그래 지었다는 기라.[4]

마을에 혹시 동제는 안 지내셨습니까?

우리 마을에서는 동제 안 지냈다. 여 오천학교 있는 오천동하고, 병수

동, 우리 행동에서는 동제 안 지냈다. 왜냐카먼 이렇다. 장장군묘가 있어서 안 지낸다 카더라. 장장군이 보리타작하다가 난리가 나 가지고 왜군들이 쳐들어 오이, 보리타작하는 걸로 왜군하고 싸운 기라. 근데 나이 많은 부모가 "야야 아침도 안 묵고 저녁도 안 묵고 힘이 없어 우야노" 카는 소리를 듣고 왜군이 달기(달려) 들어가 결국 장장군을 죽있다 카데. 부모가 그런 말 안 했으면 왜군들이 내뺐을 긴데 젊은 나이에 죽었어. 그 묘가 지금도 있고 거서 지금도 제사 지낸다 카더라. 현재 가면 묘가 있다 카이. 근데 그 왜군이 임진왜란 때 왜군인지 일정 땐지는 모리겠어. [할머니가 말을 이었다.] (할머니 : 우리 마을에도 동제 안 지냈다. 우리도 손장군묘가 여 있어서 안 지낸다 카데. 그래서 아랫마을 웃마을 다 안 지낸다.)

농사지으시면서 부르시던 노래는?

모심기 노래하고 논매기 노래 말이가? 그걸 우예 다 기억하지는 못하고…. 보자, "서마지기 못자리에 모를 숨가 반달이라. 초생달이 반달이

필자가 직접
행동을 답사하고
그린 마을 약도.

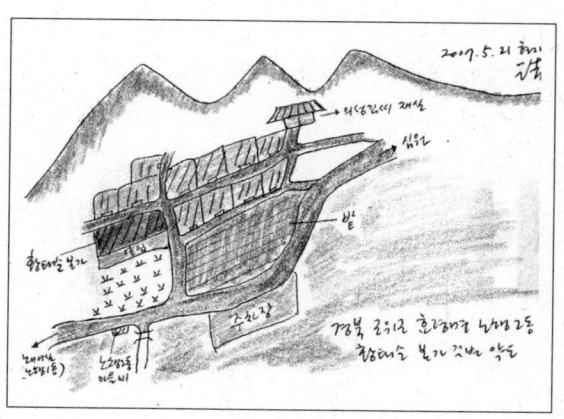

가 모를 심어 반달일세." 이거까지는 안다. 또 "상주 함창 공갈 못에 연밥 따는 저 처자야, 연밥 줄밥 내 따 주마 우리 부모님 모시다오" 그캤는데, 거 우리 오촌이 그걸 잘 불렀다 카이. 아무나 일하면서 불러 대는 기 아이고 앞서는 사람이 에히요, 우야, 휘이~ 캐 사면서 선창하마 뒤에 사람들이 따라 부리고. 죽은 오촌 당숙이 카던데 어사용[5] 카는 기 있었단다. 저녁 때 풀 비다가 놔두고 그거 부르마 그리 슬펐다네. 오촌 당숙도 어사용 노래를 불렀다 카더라. 오촌 당숙이 사주도 보고 하던 사람이라. 독사장(독선생) 안차가(앞혀서) 공부도 하고 해가 이름도 잘 짓고 그랬어. 우리 큰아 이름도 당숙이 지었다 카이. 그때는 노래도 그렇지만 풍물 그기 대단했다. 동네마다 풍물이 다 있었는데 나도 그때 풍물 하고 싶었는데 나이 어려가 못 드갔어. 한 집썩 들어가가 앞에서 풍물 치면 쌀 얼마씩 얻는 기라. 그거 모다가 또 놀고. 동네에 큰일 있으마 또 풍물 쳐가 쌀 얻어 모아가 같이 상 차리가 먹기도 하고 의성 김씨 제사도 하고 안 했나. [할머니가 말을 이었다.] (할머니 : [웃으시며] 여는 그런 걸 동냥받아 했는 모양이지. 우리 동네는 문중이 부자라 제사를 하거나 동네잔치 하마 놋 그릇에 번쩍하이 그래 했는데, 이 동네는 시집와가 보이 제사하고 잔치를 하는데 상도 제대로 없고 무슨 합판 같은 데다가 피가(펴서) 하는 기라. 그릇이 사기로 된 것도 올라오고 유리 겉은 거도 있고 그렇더라고. 그래가 속으로 아, 여가 고지기[6] 동네구나 그래 생각했지. 다 고지기만 있는 동네 같더라니까. 우리 동네는 요새 받는 상 맨키로(처럼) 그랬거든. 놋그릇만 쓰고.)

가족관계는 어떻게 되십니까?
내가 막내 아니가. 우리가 총 오남매인데 둘째는 열일곱 살 먹어서 죽었어, 누님인데. 그러이 죽고 보니깐 그 밑에 둘째 형님이 있었는데 피난 갔다가 질병을 지고 왔어. 옛날 같으면 폐병 안 있나? 요새 같으면 병도 아니거든. 동산병원(東山病院)[7]에 입원해야 되는데 옛날 노인들 참, 무식한 거보다도 머리가 안 돌아가잖아. 집에 아버지는 동산병원에 가니까 황소 한 마리 하면 고친다고 했는데 어무이가 얘기하기로 황소 한 마리가 아까워가 결국, 그래 아주 돈 애낄라고(아끼려고) 그거 안 고쳐가 결국 딸래미 하나 남기 두고…. 왜냐카면(하면) 황소 그거 낸중에(나중에) 자식 물리줄라꼬(물려주려고). 옛날 노인들 자식한테 소 한 마리라도 물리줄라꼬 엄청나게 신경 썼다 카이. 그래 결국은 서이(셋이) 남았지. 촌에 큰형님이 인자 올해 팔십아홉이고, 교육계에 사십이 년 있다가 인제 정년퇴직했는 작은형님 거는 개면데 칠십녀이고(넷이고). 신암동에 사는데 바로 두 살 위다. 그러이 삼형제뿐이지. 참 그때 형수는 집 나가가 다른 데 재가를 했거든. 근데 우리 질녀가 엄마가 보고 싶으이 몰래 거 한 번 갔다 왔는 모양이라. 잘살고 있나 싶어가 가 본 모양인데 가 보이 사는 기 형편없거든. 그라고 나디(그렇게 하고 나더니) 다시는 보러 안 가데.

고향에서 원래 대대로 살던 집안이었습니까?

그렇지. 거 우리가 보자, 어 나까정 사대(四代)까지 살았지. 본이 큰 덕자 묏 산 자 덕산 황씨(德山黃氏). 근데 우리는 중국에서 나온 사람 아니가.[8] 평해, 창원, 장수거든. 삼형제가 왔는데 그 밑에는 쪼매(조금) 잘되고 벼슬 많이 해 먹고 일가가 느니까 어디 황가라 그랬다 카데. 다 안 그렇나, 어느 성씨나. 우리는 창원에서 갈리 나왔는데 집성촌은 선산(善山) 무을면(舞乙面, 현재 구미시로 편입) 카는데. 덕산 황씨는 네 파가 있는데 우리는 상정공파라. 아버지는 이십칠세손인데 원(遠) 자 항렬이고, 이십팔세손인 나는 진(鎭) 자 항렬, 고 밑으로는 이십구세손인데 영(永) 자 항렬이고, 손자는 삼십세손인데 래(來) 자라. 내 원래 족보 이름은 진옥(鎭玉)이었다 카이. 참 선산 있을 때는 나라에 큰 공이 있어 가지고 사패지지(賜牌之地)⁹⁾를 임금한테 얻었다 카데. 그기 깃발 꽂아서 사방 십 리를 뺑 돌아 기지고 그 땅이 다 덕산 황씨 땅이라 캤다 카데. 그마이 높은 벼슬한 사람도 있었는 모양이라. 상주 목사도 있고. 우리는 따로 떨어져 군위 고로면(古老面)¹⁰⁾에 있다 옛날에 거 이제 웃대에서 여 행동까지 그래 왔는 모양이라. 원래 여는 의성 김씨하고 경주 이씨 집성촌이었는데, 경주 이씨는 고마 다른 데로 가 뿌고 또 문화 유씨가 있었는데 거도 얼매 있다가 딴 데 가 뿌고 의성 김씨만 남았지. 문화 유씨는 자기 재산

황태순의 돌아가신 둘째 형님의 딸 사진(오른쪽 끝). 16세 무렵에 찍은 사진으로 올해 60세가 되었다. 마을 앞 개울가에서 찍은 것으로 질녀가 직접 자기의 사진이 잘 나왔다면서 준 것이라고 한다. 돌아가신 형님의 유일한 혈육이라는 애틋함이 있어 지금까지 사진을 보관하고 있었던 것으로 보인다.

내가 학교도 지주고 안 그랬나. 행동에서는 그런대로 살림 있었던 타성은 우리 집밖에 없었어.

조부모님은 살아 계셨습니까?

어렸을 때 할아버지는 모르겠는데 할머니는 살아 계셨고 팔십하나에 돌아가셨지. 내가 그때 보자, 한 여서(여섯)일곱 살 때지. 내가 어렴풋이 아는데 할머니는 앞을 못 보고 한데 얼굴이 둥근형이라. 그때는 팔십하나면 참 장수했어. 우리 어머니는 밀양 박씨였고.

선대인(先大人)은 어떤 분이셨습니까?

옛날엔 다 농사지었지. 아버지는 보기에 참 얼매나 무서버써(무서웠어). 이래 보면 나는 잘 쭈께는(지껄이는) 편인데, 아버지는 똑 할 말만 하고 엄하이(엄하게) 해가 집안에 여자들, 아가씨 있으면 입도 안 띠이써(뗐어). 가마이(가만히) 계시고 입을 안 띠도 생긴 기 무섭게 생겼어. 키도 크고. 실지(실제로) 그렇게는 무섭도 안 한데 무서버 여기데 동민들도. 인상이 그래서 그런지. 공부도 엄하게 시키찌. 그때는 주경야독이라고 낮으로는 일하고 저녁에 와가 초등학교 끝난 뒤에 야학에 가가 몽학선생(蒙學先生, 어린아이를 가르쳐 한문 정도를 깨치게 하는 훈장)한테서 이제 『천자문(千字文)』부터 『명심보감(明心寶鑑)』『소학(小學)』『맹자(孟子)』 같은 거 그런 거 배우는 기라. 주경야독이라. 그러고 보이 아버지가 및 살 때 내가 태어났는지 햐 그건 기억 안 나네. 내가 막내니까.

옛날에는 동네 어른들이 다들 엄했다면서요?

옛날에는 마흔다섯만 돼도 어른이라. 오십도 안 돼가 벌써 담뱃대를

산 바로 아래에 있는 기와집은 의성 김씨 재실로 오천초등학교 재학 당시 마을에
몇 안 되는 기와집 중의 하나였다고 한다. 그 뒷산으로 돌아가면 행동 마을의 애장터가
있던 모산 골짜기가 나온다.

겨드라이(겨드랑이) 여 여가 안 보이게 해가 댕기(다녀). 그래가 동네 영
감들하고 이래 왔다갔다 하다가 실지 젊은 아가 잘못하면 담뱃대로 머리
때리는 기라. 나는 맞지는 않았는데 어떤 영감들은 손자를 때려 가지고
피나고 그랬어. 군대 가서 빙장(병장) 달고 와서도 여와서(여기 와서) 실
지 그랬어. 그랬는데 보만 우습다. 요새 들어 나는 그만 군에 가면 어며
니 카고, 애들 가서 선생한테 맞고 와서 학부형 찾아가고 카는 데, 학교도
엄해야 되고 군대는 빳다로(배트로) 쳐야 된다. 아니면 통솔력 없어서 안
된다. 내가 대전 삼관구(三管區)[11] 운전교육 받으러 갈 때 침대 옆에 엎드
려서 오십 대 맞았는데 꿈쩍도 안 했다. 힘 딱 쓰면 덜 아프다니까. 그만

치 맞았다 카면 거짓말이라 칼 기라. 실지 그만큼 맞았어. 운전교육 하면 하루 빳다 다섯 찰(다섯 대) 맞아야 되는데, 처음 맞을 땐 무서버도 늦게는 겁 안 내는 거야. 매일 맞으니까.

그럼 선대인이 작고하신 지는?

아버지가 돌아가신 건 보자, 지금으로부터 한…. 보자 광영이 몇 살이고? 마흔너이쯤 됐제. 그래 마흔너이면 보자, 오십 년쯤 됐지. 내하고 아버지하고 나이 차이가 많았어. 내가 막내니까, 그때 아버지는 벌써 나이 많으셨지. 결혼하기 전에 돌아가셨을 기라. 아이다. 내 정신 좀 봐라. 그래 내가 군대 가 있을 때 아버지 별세했다 캐가 못 봤지 내가. 휴가 나오니까 별세하셨더라. 그때는 간바[12]를 쳐도 교육중에는 안 보내. 온종일 교육을 받으니까. 이군사령부에서 그때 간바가 왔다고 카는데, 교육중이라서 안 보냈다니까. 그러이 아버지는 육십여섯에 돌아가싰나 보지. 옛날로 치마 마이 사셨지.

선대인은 근엄하셨고, 선자당(先慈堂)은 어떠셨습니까?

길쌈 많이 했다. 말도 하지 마라. 삼베 안 있나, 엄청나게 했다 삼베. 농사를 지으마 보통 한 백 평 하거든. 백 평을 하면 키가 우리 질로(길이로) 한 질을 넘지. 굵기가 볼펜 자루만 한데 쑥쑥 잘 자라거든. 그거 비(베어) 가지고 이파리 쳐가 밭에 내버려 뿌고 논에 버려 뿌고 인자 삶아 가지고…. 일은 참말 몬한다(못한다). 왜 그러나 하면 그때 일정 땐데 저녁으로 일을 할라 카면 어두운 기라. 근데 불 피울 기름이 없어 가지고, 산에 가면 그거 있어 소나무 껍데기, 인제 말라 뿌면 거 기름 나는 관솔이라는 거 있어. 그놈을 갖다가 불 피워 놓고 일 안 했나. 모깃불은 또 뭐로 하는 줄 아나. 여름엔 숯 같은 거 풀 비 가지고 불 나가(불 놓아서) 연기를 내. 옷 벗어가 연기를 이리 저서 주면(저어 주면) 모기들 달아나거든. 옛날엔 고생 말 못했다. 엄마도 뇌졸중(腦卒中)[13]으로 해 가지고 엄마는 칠십 못 돼가 돌아가셨다. 육십팔 정도? 내가 여기 대구 나와 가지고 이 집을 짓다니까(짓고 있으니까) 어머니 별세했다고 하니까. 나도 종신(終身) 못했어. 그래도 아버지보다는 그래 오래 사셨지. 참 돌아가신 누님도 길쌈 많이 했제. 그때 첨에 열일곱 살 먹어가 요새 같으면 별거 아닌데 효령면의 의사가 와서 주사 놓고 하는 거 내가 알거든. 열일곱 살 먹어가 다 키웠는데 요새 같으면 그거라, 주사 한 대 맞으마 끝나 뿌는(끝나 버리는) 그 하찮은 독감이라 독감. 근데 몸이 약해 가지고 먹는 것도 부실해 가지고. 그래 그때 뭐 있나.

형제간에 우애는 좋았습니까?

저기 신암동의 형님이 두 살 원데 막내다 보니 여름에 형제간에 씨름도 하고 그랬어. 형님한테 맞아 본 적도 없어. 형제간에 화목하게 지냈지. 지금도 큰형님이 올해 팔십아홉인가 그런데 전에 안 편찮을 때는 경로당 삼형제 가면 보는 사람들마다 참내 부럽다 그랬다고. 동민들이 경로당에 삼형제가 오니까 전부 다 좋아했다고. 동민들이 그렇게 반가워하더라니까.

그때 집은 초가집?

초가집. 다른 집에 산 기 아니라 따로 우리 집 지가(지어서). 옛날에는 여 의성 김씨가 오십 호 살았는데 기와집 캐 봤자(그래 봐야) 정자 딱 하나배께(밖에) 없어. 거의 다 초가집이라 카니까. 옛날 초가집 구조라 캐

봐야 [직접 그림을 그리면서] 요거 큰방, 작은방, 부엌. 매 이렇지. 여기는 아래채. 길쌈하던 방인데 참말로 엄마하고 누부하고 손이 부르트도록 길쌈 엄청시리 마이 했다. 요거는 사랑, 요거는 사랑 안채, 요거는 소 믹이는 마구로 카고, 여기는 디딜방아,[14] 장독대는 부엌 앞에 요 있었지. 들어가는 문은 이앞이 언덕이라 여 있고. 그러이 여가 대문 아니가. 마을에서 우리가 제일 아랫집, 제일 아랜데 우리 마을에선 제일 높은 집이라. 아직도 그대로 여 조카가 안 있나. 옛날 집 초가집 허물어 뿌고(버리고) 거이제 아무리 집을 지어도 옛날 뒤에 담인데 뒤로는 안 물리거든. 고 벽을 고대로 놔두고 집을 짓지.

집을 다시 지을 때 뒤로는 못 물리는 군요.

집을 지으면 옛날부터 그런 게 안 있나. 산신령 미신 안 있나. 지금도 뒤로는 절대로 안 물란다. 고대로 하지. 아 그거는 미신인데 미신도 참 그기(그것이) 맞을 때는 멋지게 맞더라고. 영험 있는 거는 내 참 깜짝 놀래게 맞더라니까. 내가 피난 갔다 와 가지고 형님이 질병으로 죽었는데, 우리 둘째 놈 진영이 안 있나. 그거 낳았는데 우리 질녀가 이웃에 가 가지고 약 먹고 죽었는 개고기를 저도 먹고 우리 아를 믹있는데(먹였는데) 집에 와가 보이 아 얼굴이 뻘개지는데(붉어지는데) 가짠치도 안 한 기라(어이가 없는 거야). 삼칠(三七, 출산 후 삼 주간)이 아직 아니었을 때라. 그래가 마 병원에 나는 애 업고 질녀하고 의성(義城) 공생병원(共生病院, 경북 의성군 의성읍 후죽리에 있는 병원)에 갈라고 군위 가니까 버스가 빼~거리. 그러이 아가(아이가) 빼~거리더라고. 가만 보니 나슨(나은) 기라. 원래 애 낳으면 삼신구안 안 한다 캤거든. 근데 그것도 모리고(모르고) 질녀가 그랬는 기라. [할머니가 말을 이었다.] (할머니 : 삼신구안인

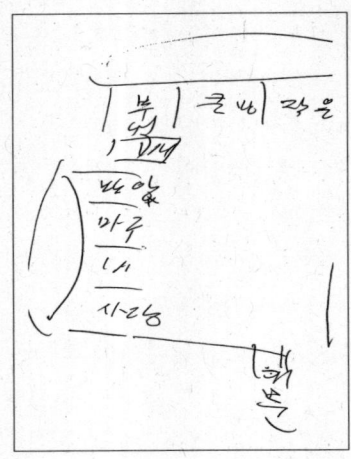

황태순이 직접 그린 군위군 효령면
행동(현 노행 2동) 옛 집의 구조.

지 삼신구원인지 모리겠는데, 애기 삼칠 전에는 나쁜 거나 험한 거는 보
도 안 하고 하지도 안 하고, 고기도 쩌서는 먹어도 꿉어 먹지도 안 하고,
상가 집에도 아예 안 가고 하는 기라. 살생이라 카는 거를 될 수 있으마
안 하는 기지. 광영이 아버지도 그 낚시 그리 좋아 해도 손자 낳고 삼칠
안에는 낚시 한 번 안 갔어. 애 낳으면 정성을 들이고 깨끗케 하라는 기
라. 애 낳고 그래 조심해야 되는 긴데 질녀가 죽은 개고기를 믹이가 진영
이가 큰일 날 뻔 안 했나. 그때 만약에 옥이가 묵었으면 죽었을 기라. 근
데 다행히 옥이한테는 안 먹이고 진영이하고 내하고만 먹었다. 죽은 개
고기인 줄도 모리고.) 그거 아나? 백일(百日) 안에 저지른 거는 참말 물
떠 놓고 삼신할매[15]한테 빌면 우예 그리 귀신같이 듣는 동, 나도 미신 안
믿지만 그것 보면 멋지게 듣는다고. 그럴 땐 미신 못 믿을 거 아니라. 근
데 대구 성서(城西) 거서 뭐고 거 성서서 너이 들어(네 명이) 만오천원에

택시를 맞춰 가는데, 마침 운전기사가 교회 장로라. 그래 내가 그 이야기를 하니까, 야 내가 교회 장로지만 신기하다면서 미신을 너무 안 믿어도 안 되겠네 카더라. 가면서 이야기하는데 참말로 신기하더라고. 자기도 그런 얘기하더라고 교회 장로가.

중학교 가고 접었는데 양보하라 카데

학교는 어디까지 다니셨습니까?

학교는 초등학교배께 안 나왔다. 그때는 왜 카나(그러냐) 하면, 신암동 형님 사범학교 시킨다고 너는 양보해라 캐가(해서), 요새 같으면 양보 안 하지. 안 할라 카지. 그래가 뭐 그라이소(그렇게 하십시오) 카고 형 학교 시킨다고 나는 못 시킨다 캐가 그래 했지. 근데 우리 마을이 그래도 제일 잘살았거든. 농사도 충분히 했는데…. 예 뭐 알았심더 캤지(알았다고 했지).

현재 행동 옛집에 유일하게 남아 있는 마구간 자리.

어느 초등학교 다니셨습니까?

오천학교(군위군 효령면 오천동에 있었던 초등학교. 1993년에 폐교) 카는 데. 아 그래 효령학교 있다가 해방돼가 분교돼가 거기 다녔지. 어 해방되고 입학했지. 해방 전에는 효령학교까지 한 구 킬로 되는데 거 못 댕긴다고 해서 안 되겠다고 캐가 분교가 난 기지. 거까지 걸어 댕긴다고 (다닌다고) 해봐라. 올해로 칠십녀이 먹은 형님은 게다(일본 사람들이 신는 왜나막신) 안 있나 게다, 게다 그거 신고 효령학교까지 댕기셨다 카니까. 게다 끈이 없어가 뱀장어 큰놈을 잡으면 껍데기 빗겨 가지고 게다 끈 하면 질기거든. 일정 때는 쭉 게다 신고 안 다녔나. 거 짚신 안 신고, 짚 신보다 게다 많이 신데.

초등학교 들어가실 때 호적나이에 맞춰서 가셨습니까?

그때는 호적나이도 없었다. 어느 정도는 있었는데 호적나이도 열두 살, 열세 살 늦게 들어가는 사람도 있고 아홉 살, 여덟 살에 들어가는 거 는 오히려 적었지. 나는 그때 아홉 살쯤? 아아 열 살? 아아 아홉 살 때 들 어갔다. 그래가지고 한 학년 뛰었거든. 아 월반해서 한 학년 뛰고, 이학 년에서 삼학년으로 뛰었지. 공부 좀 한다꼬 캐가. 그래가 이학년에서 공 부 좀 한다 카는 일곱 명은 삼학년으로 올라갔지. 다른 이보다 나이도 많 고 하니까. 내중에(나중에) 내보다 두 살이나 많은 아도 한 학년 같이 다 녔지. [할머니를 바라보며] 내보다 두 살 위에 내벽이 안 있나 와. 거 같이 안 다닌나. 그때 나는 나이 많은 편이 아이라. 육이오사변 때 오천학교 거기는 폭격 안 맞았는데 화수학교는 폭격 맞았어. 전쟁 나고 한 열흘 되 이 아무도 없는데 우리는 학교 나가서, 거기 야전병원인데 군인들 총 맞 아서 아야야 카는데, 거서 돼지 믹있다 카이. 선생하고 다 달나 뿌고(달

효령면 오천동에 있는 오천학교의 모습. 문화 유씨 정자를 빌려 개교한 학교로 1995년에 건립된 교적비에 다음과 같이 기록되어 있다. "1946년 7월 25일 개교하여 졸업생 1,781명을 배출하고 1993년 3월 1일 폐교되었음."

아나 버리고) 다른 이도 다 피난 가는데, 선생님이 돼지 믹이라 캤다고 피난 안 가고 학교에 돼지새끼 등게(등겨, 벼나 보리를 찧을 때 나오는 껍질) 믹이로 갔다니까. 아 등시 아이가. 뭐하로 그랬노 말이라. 선생님이 하라 캤다꼬. 그때만 해도 선생 같으면 하늘 아이가. 요새 같으면 참⋯. [할머니가 말을 이었다.] (할머니 : 우리는 육이오사변 때 폭격 맞아가 교실이 다 타 가지고 칠판 요만한 거 가지고 양달에 돌아댕기미 공부했다. 낸중에 가교실 지어 가지고 만날 뭐 이것저것 엮어 가지고 요만하이 만들어 가지고 댕겼지. 오천학교는 돼지 믹있다 카는데 우리는 그때 돼지 안 믹이고 육이오사변 끝나고 나서 학교에서 돼지새끼 믹있다.)

오천초등학교는 학생 수가 얼마나 됐습니까?

많이 다닐 때는 사백 명 정도, 분교돼도 사백 명 가까이 됐지. 분곤데도

면 소재지에 효령학교는 일천팔백 명 됐고. 아 그때는 시골에 인구가 많았으니까. 지금 오천학교는 남아 있긴 남아 있는데 아직 팔리도(팔리지도) 안 했고, 효령학교는 큰데 몰라 지금 학생이 한 오십 명도 안 될 거라. 오천학교는 폐교됐는데 건물은 그대로 있고 팔리도 안 하고. 참 효령 일개 면에 얹혔는데 초등학교 사십 명이 안 된다, 천팔백 명이 됐었는데.

초등학교 다닐 때 기억나는 선생님은 없습니까?

기억나는 분 있지. 홍말암 선생님 카는데 그분이 어디로 가신지 몰라. 키도 크고 그랬는데 그분이 어디로 가셨는지 알지를 못한다 카이. 아침마다 그때가 학교건물이 없어가 문화 유씨(文化柳氏) 정자에 들어가 공부했어. 요새 뭐 유씨라 카기도(하기도) 하고 류씨라 카기도 하는데 우리는 그때 유씨라 캤어.[16] 정자(亭子)가 한 군데, 두 군데, 세 군데라. 우리는 중간에 들어서 아침조회 카는 것도 없고 운동장도 없는 기라. 그래 할때 선생님이 여 구두 앞에 이기 벌어졌더라고. 그래가 내가 "선생님, 구두가 돈 달라 그랍니까?" 그러니 선생님 부끄러워서 카는지(그러는지) 얼굴빛이 안 좋더라. 그때 당시만 해도 우리 형님하고 조카들하고 댕기니까 집에 아버지가 선생님 오시라고 해 가지고 그래가 여섯 명인가 되던 거 대접하고 그러더라고. 그때 선생님 모시고 그런 사람들은 없었거든. 근데 감 홍시로 갖다가 드리이(갖다 드리니) 홍시 좋다고 선생님들이랑 교장들이 좋아하더라고. 그때 여선생은 일개 군에도 몰라 한둘 있기나 그랬어. 여선생 같은 건 아예 생각도 못해 봤어.

문화 유씨 정자는 언제까지 학교로 썼습니까?

거기서 우리가 이학년까지 썼지. 거 문중에 아주 재산이 많아 가지고,

그 문중에서 그 인제 학교에 들어간 기 한 삼천 평 되는데 나무도 문중에서 돈 내가(내어서) 전부 비가 했는 거라. 근데 그걸 나중에 찾을라고 하니까 안 되는 갑데. 나중에 가 보니까 하마 넘어가 버렸어, 삼천몇 평인가. 국고에 환수돼가 찾을 방법이 없었지. 그 사람들 유신(維新, 일찍이 개화가 되었다는 의미로 한 말)이 돼서 사회에 일찍이 저기 했어. 세상 물정에 밝아 노이 안 그랬겠나. 그러이 공부도 마이 하고 거서 출세한 사람들이 많애. 대대수 다 보마 문중이 잘살고 하면 학교도 지어 주고 그런 거 많이 했어. 뭐 물론 낸중에 학교에 내준 땅을 못 찾기는 했지만. 그래도 출세한 사람들이 많아가….

그런데 학생들이 게다를 신고 다녔다고 하셨지요?

그래. 게다 그거는 신을 때 앞에 쭈삣(쭈뼛)했는데 여 나무 까(나무 가지고) 안 만드나? 게다는 나무 까 맨들거든. 게다 여름엔 참 좋아. 처음에 발 금방 씻고 게다 신으마 물 쪽 빨아먹고 참 좋아. 높아가 발도 덜 베리고(버리고). 게다는 저 오동나무 게다 참 좋지. 일정 때는 그때 보마 게다를 직접 팔았어. 그거 보고 내가 직접 맨들어가 게다를 신었어. 십오 년 전에 게다를 직접 만들어 신으이 아들이 '아버지 저 일본 사람 닮을라꼬 그라십니꺼' 하면서 갖다 내버리더라고. 그랬끼나 말았끼나(그러든 말든) 올 여름에도 하나 맨들어 볼까 싶다. 발 씻고 신어 봐 얼마나 좋은고. 참 좋아. 진짜 멋지다.

게다 말고 보통 때는 뭘 신고 다녔습니까?

마 그때 고무신, 고무신이지. 내가 그때 학반에 급장(級長) 하니까 운동화를 선생이 날 주더라고 홍말암 선생이. 그때는 반장이라 안 카고 급장이라 그랬어. 그놈의 신발이 왜 그래 좋노. 급장 해 가지고 요새는 반장 그러는데 그때는 급장 그랬거든. 그때 발이 아프거나 말거나 그놈을 신고 다녔어. 그라고 짚신 신었지. 내가 학교 다닐 때도 신었고 짚신도 짚으로 삼으면 아무따나(아무렇게나) 신는 거고, 딴총배이[17] 하는 건 삼베 넣어서 하면 좋고, 미투리[18] 카는 건 육 날이라. 그거는 하나 사 놓으면 노인들 일 년 신는다. 요새 같으면 엘칸토 구두 카는 거보다 훨씬 더 좋지. 짚에다가 삼베 넣어서 꼬는 기라. 미투리 카는 건, 산에 가면 칡덤불 나온 거 그거 잘라가 껍데기 빗겨가 그걸 훑어 가지고 오줌 나 논 데(누어둔 곳에) 절어서 싹 하면 껍데기 남는 거라. 그거는 아주 고급이라. 고거로 신발 만들어 노만(놓으면) 아주 오래간단 말이라. 그거는 왜냐카면 아들 장개(장가)가거나 딸 시집가면 얻어가 빌려 신으러 가고, 그거는 한 켤레 삼을라 카면 요새 말하면 인건비만 해도 십만원 더 되지. 행여나 그거는 몇 달 걸리노. 그러이 세 가지라. 짚신 그거는 나락해서 신으이 제일 흔한 기라. 산에 가도 끈티(끈) 같은 게 안 올라온다니까. 고무신은 올라오지만. 짚신은 고래 부르고, 삼베 넣어 짠 거 그것도 이런 신인데 딴총배이 신이라고 옛날 노인들이 부르더라고. 제일 좋은 거는 미투리. 그건 꽈는 날이 여섯 날이고 그 나머지는 네 날밖에 안 돼. 여섯 날은 틀이 있어야 돼.

홍말암 선생님이 고무신 주신 때가?

그때? 일학년 때지. 아까버가(아까워서) 이제 집에 와도 방에 갖다가 넣어 놓고 그랬지. 그 선생은 그래 이제 보마 정자에 있는데 내가 아파가 한쪽 구석에 있으이, 한쪽 방은 불 때는 데 있거덩. 내가 아파가 그러이 이제 홍말암 선생이 선생 자는 방 앞에 베게 갖다가 날 눕혀가 이불 덮어 주더라고. 그건 안 이자뿐다고(잊어버린다고). 옛날에는 참 그런 선생 많았지. 그 선생은 안 이자뿌거든(잊어버리거든). 그런 뒤에 도문갑이카는 거 그 선생은, 고향도 어디고 의성 가지골 카는 덴데 디기 무서분(무서운) 선생이라. 인자 도선생 말이라면 죽어야 돼. 그만침 겁을 냈다 카니까네. 교장 선생님이나 딴 선생이 저 멀리서라도 비면(보이면) 고마 숨는 거야. 어려워 가지고.

짚신 종류 신발은 비 오는 날 잘 젖지 않나요.

그니까(그러니까) 비 오는 날에는 안 신지. 비 올 때 그거 신으마 축축하고 무겁고 찝찝하고 그렇다. 그러이 비 올 때는 나무로 된 게다 신고. 그건 고급이라. 우리는 아는데 게다 그거는 아무 데서나 못 사. 그거 만들라마(만들려면) 기술자라야 되고 또 틀도 있어야 되고. 고무신 그것도 아무나 신을 수 있는 게 아니고 그때만 해도 백고무신 정도 되면 한동네에 몰라 이장 정도나 신었으까? 고무신도 귀한 시대에 내가 이제 급장 한다꼬 홍말암 선생 땜에 운동화 신었으이 안 잊어버리는 게 당연치. 급장 한다고 내한테 운동화 한 켤레 공짜로 주더라 카는 걸 안 잊는 거지.

초등학교에서는 주로 뭘 배우셨습니까?

그때 캐봤자 국어, 산수. 그때는 과학을 갔다가 이과라 그랬어 이과. 사회생활 같은 거 있었나 없었나 모르겠네. 요새는 이만침 다양하지. 풍금이 없었어. 풍금 하나 들어오이(들어오니까) 그걸 우예 할라 캐도 밑에 발로까 쎄리 밟아야 소리가 나는지 우짠지(어떤지) 선생도 모리고, 그러이 풍금 하는 분이 별도로 있었지. 그 선생은 음악 시간이라 그러면 만날 돌아다니면서 이 학년 해주고 저 학년 이래 해주고. 오월 오일 어린이날 노래 안 있었나? 거 군위국민학교[19]가 학생 한 삼천 명 됐거든. 그렇게 많 았는데, 선생이 그리 많아도 오월 오일 어린이날 노래를 아는 선생이 없 는 기라. 그걸 몰래가(몰라서) 그 노래를 선생이 학생한테 배아 가지고 (배워 가지고) 부르게 했다니까. 지금도 기억이 난다니까.

초등학교 때 겨울 농한기에는 뭘 하고 지내셨습니까?

그때 바쁠 때는 가정실습 카는 거 안 있나? 모심굴 때 이런 때. 겨울에 는 뭐 있노. 만날 얼음 지치고 노는 기라. 그렇지. 그 카다 물에 빠져 가지 고 거 불 나가(불 피워서) 놀다 보면 집에 와가 실컷 쿠사리(꾸중) 먹는 기 라. 근데 썰매 카는 거도 철사 그게 귀해 가지고 못도 귀하고 구하기 힘들 었어. 통나무 삐지가 뾰족하게 맨들어가 별에 별걸 다했어.

그럼 여름에는?

강에 가서 목욕하고 고기 잡고. 그러면 여름 되면 소 안 맥였나? 마을 에 와 아랫마을대로 윗마을대로 집집에 가 가지고 아침 먹고 가 가지고 점심때 되면 실컷 몰다 나왔다가 오후 한 네시 되면 그날 밑에 믹이러 가 는 거라. 놔뒀다 인제 해 빠질라 그러면 몰고 오고. 그러이 소고기가 맛 있는 기라. 요새매러(처럼) 소가 운동도 하제. 온갖 풀 다 먹잖아 안 그 래? 그게 신토불이라. 요새는 갇아가(가둬서) 안 믹이나. 옛날에는 고깃 국이라도 끓이면 온 마을에 냄새가 진동했는데….

그럼 초등학교 졸업한 나이는?

확실히 모르겠어. 여덟 살 먹었나 아홉 살 먹을 때 그때 학교 갔으이 열 여섯 살 정도에 졸업했는가? 졸업하고부터는 농사지었지. 큰집이 농사 가 많았거든. 어른들이 만날 농사지어라 캤는데 그기 싫어도 싫다 소리를 모해(못해). 어디서 그런 소리 꺼내도 모해. 어른들 죽어라 그러면 죽지를. 요새 만들어(요즘처럼) 부모들한테 어른들한테 아무리 하고 싶어도 이렇심더 저렇심더 못했는 기라. 부모님들 하라는 대로 한 거라. 동네 어른들한테도 꼼짝도 못하지. 왜 그러십니까? 못했다니까. 그때는 우리는 손윗분들한테는 무조건 복종이라. 학교 다닐 때도 복종이지. 지 옳다고 반항하는 거 일절 없었어. 그건 이미 상상도 못하고.

중학교 진학할 마음은 없었습니까?

가고 싶어도 부모님 말씀에 순종이라. 그때는 한 반에 학생 수가 오십육 명도 되고 삼십 명도 되고 그런 거 없어. 고마 무조건하고 그때 학생 수가 삼천몇백 명 되는데, 삼십 명도 한 반, 오십육 명도 한 반, 다 그랬다니까. 근데 오십육 명 중에 중학교 가는 사람이 열두 명배께 없었어. 군위까지 이십 리 걸어가가.

오천학교는 댁에서 멀었습니까?

오천학교에서 십 리 쪼매 덜 돼. 그때 옛날에는 큰물 지면(나면) 다리가 없어가 마을에서 제일 장정되는 어른들이 업어가 건네 주고 올 때 되면 또 나와가 힘센 어른들이 업고 하는 거지. 인지는 다리 놔가 오천교라고 그러지 아마. 오천교회[20] 앞에 거 안 있나. 참 옛날에는 거가 그리 넓어 비디만(보이더니만).

운동회 했었습니까?

운동회도 있었고 학예회 같은 것도 있었다니까. 옛날에 안중근 선생이 이등박문(伊藤博文, 1841~1909)[21] 죽인 거 그런 것도 했었다니까. 연극으로 해 가지고. 거 하면 두어 달 연습하는 거야. 심청이도 하고 그런

위, 오천학교 다닐 때 큰물이 나면 어른들이 아이들을 업어서 오천학교에
데려다 주고 다시 데려 오고 했던 남천. 이후 '오천교'라는 다리가
건설되었고, 맞은편으로 폐교된 오천학교가 보인다. 오른편으로 십여 리 정도
걸어가면 행동이 나온다.
아래, 오천국민학교에서 바라본 오천교회. 담장은 사라지고 1973년 6월 1일
제3회 졸업생 류해상(柳海相)이 기증한 정문만 덩그러니 남아 있다.
정문 오른편으로 교적비가 보인다.

연극 같은 거 많이 했어. 이등박문 그거 해 가지고 일본말로 총소리 하면 '이다이 이다이'(아플 때 내는 소리, '아야, 아야'라는 뜻) 하는 게 아프단 말인가 봐. 학예회는 많이 했어. 참, 소풍도 갔다. 소풍은 절에. 주로 절 안에 있는 계곡이나 그런 데 가서 놀았지. 그때는 뭐 있노? 소풍 가 봤자 아무것도 없고 가을에는 땅콩하고 밤하고 싸 가고 짐밥(김밥)도 없었어. 그때 짐밥이 어딨노? 그때 밥 싸서 다녔지. 김밥 소리도 못 들었어. 보도 못했어.

운동회 하면 동네 사람들 참여하고 그랬습니까?

운동회 하면 동네 사람들 모두 운동장 가에 와서 돼지 잡고 온 동네가 잔치를 하는 거야. 거창하지, 진짜 거창한 거야. 음악은 없었고 올찮은 (형편없는) 만국기 그려서 달아 놓고. 총소리 그런 것도 없이 목소리 큰 선생이 목에 핏대 세아가(세워서) "차렷! 땅!" 그랬고, 지나가(나중에) 있었지 없었어. 종목은 주로 달리기하고 덤블링 카는 거, 삼층 사층 올라가는 거 그거. 장애물 경주 그런 거. 그런 것 하고 고기 낚고 하는 거, 학부형도 하고 우리가 보면 이제 달려가 보면 교장 선생님하고 가져오라는 거 하고 그랬지. 오재미(오자미, 헝겊 주머니에 콩 등을 넣고 기워서 공 모양으로 만든 주머니) 겉은 거 떤지가(던져서) 떨자가(떨어트려) 박 터주코(터뜨리고) 하는 거. 점심시간에 있었지. 근데 기마전은 꼭 있었다. 기마전 하면 띠 아니면 모자 뺏기. 모자도 드물었고 청군 홍군 그냥 띠 매는 거지.

또래 친구들은 몇 분이나 계셨습니까?

동네 친구들 나하고 한동갑 여섯 명 있었거든. 처녀들 한 너덧하고. 그때 타성이다 보니 말도 잘 안 하잖아. 저쪽 보면 이래 한 번 무슨 원수가 졌나 안 보는 거야. 그래, 그때만 해도 '남녀 칠세 부동석'이라. 사나(남자) 친구들은 같이 모여서 놀러 다녔고. 그래 여자 친구도 내가 만약 우리 웃대(윗대)가 그 집안으로 종받이 해가 가면 내가 외손(外孫)이라. 그래 외손끼리는 모여서 노는 기라. 노다 보면 말을 내 어울리다 보면 한창 젊어 노이 뭐가 묵고 접은 거라. 그라마 누가 서리해 묵으로 가자 칸다꼬. 요새 되면, 와(왜) 보리하고 밀하고 누렇거든. 그러면 지나 보면 가만히 비 가지고 산골짜기 가서 저기 불 놔가 끄실러가(그을려서) 그놈을 비비 먹고 그랬지. 밀 그거 괘안타(괜찮다) 고시하이. 옛날엔 입이 참 우습데이. 그래 콩서리도 괜찮데이. 콩도 우예 가만히 가져와가 솥에 삶아먹기도 하고…. 우리 때는 그게 먹는 기라. 그렇지 뭐.

좌익들 총살한 피로 강이 됐다더라

해방되고 이 마을에서 좌익운동 한 사람은 없었습니까?

있었지. 보도연맹(保導聯盟)[22) 가입한 사람들인데 그때 당시에는 똑똑한 사람이 전부 다 보도연맹 가입했어. 그때 뭐 청년들 중에 똑똑한 사람들 많이 가입해 가지고 많이 죽었어. 경찰들이 그런 사람들 모아서 총살하는 거 우리는 봤지. 우리가 국민학교 삼학년 때 학교 마치고 갈끼네(가니까), 거기 교회 옆에 더러 뭐 '인민공화국 만세' 카면서 과암을(고함을) 지르니까 총소리가 땅땅 나디만. 그래 가 보이 사람들이 남아가 총 맞아 죽은 사람들 한참 묻고 있더라고. 우리가 뭐 하러 갔나 하면 그해 가을께 밤 따로(따러) 갈라고 간 기라. 거 보이 구디(구덩이)가 있는데 총살 당한 사람들 무덤이 있더라니까. 그라고 굴 이런 데서 보도연맹에 가입

1956년 21세 때
부모님 몰래 마을을 빠져 나가
친구들과 찍은 사진.
왕복 50리를 걸어 군위에서
사진을 제일 잘 찍는다는
'백양사진관'에서 양복
가다마이와 넥타이를 빌려 한껏
멋을 부리며 찍었다. 뒷줄에
서 있는 친구는 왼쪽부터
김용환과 권오경.

한다고 찍은 도장 같은 기 보이더라니까. 거가 학교 뒷산이었거든. 학교
뒤편에 보도연맹 가입한 사람들을 가을에 모아가 군인들이 그랬는 모양
이라. 그때 안 죽있던 사람들도 피난 전에 불러가 전부 다 쏴 죽있어. 자
수했던 사람들도 거의 다 불러다 죽였어. 우리는 그때 어리가 자세한 사
정은 잘 모리지. 총살하고 묻는 거는 봤어도. 근데 우리 동네엔 아무도
그런 사람 없다. [할머니를 보며] 안 있나? 병현이 형 화살 맞아서 안 죽었
나? 자수한 사람들도 불러가 이튿날 두고 골짜기 가서 쏴 죽였어. 많이
죽었어. 나호동(羅湖洞) 카는 데 거기 피가 흘러서 강이 됐다 카더라.[23]
[다시 할머니를 보며] 나호동 거기 모퉁이 안 있나? 거기서 완전히 쏴 죽
였다. 참 다행히 우리 동네는 아무도 쏴 죽인 거 없다. 효령면에 어디는
오씨 종손이라든가 잘 모리겠는데 종손이 빨갱이니까 거 밑에 빨갱이 사
상가들이 많앴어. 아마 거도 다 총살당했을 기라. 우리 마을에는 사상가

한 사람 있었다 카데. 그거 우리 이래 보면 저녁으로 보면 앞산이나 뒷산에서 과암을 지르면 아래위로 과암을 지르면, 동민들이 꿈쩍도 못하는 거야. 몇 명인동 몰래(몰라). 그러니까 쌀도 가져가고 물도 가져가고 그랬는데 돌라(달라) 그러면 안 주고 어떻게 하노? 전쟁 나기 전에 심했다. 그러니까 해방되고 전쟁 나기 전에 해방 고 사이에 군위경찰서도 탈환돼가 경찰도 죽고 했다. 소장도 죽고 안 했나? 그래서 효령파출서 부근에 거 있제. 면민들 모다가 잔디밭에 높이 한 두 질이(길이) 반 되게 삥 돌아가미(빙 돌아가면서) 방어막을 한 거라. 그래 했었다니까. 거 또 사우(사위) 같은 사람 잘못 들이가 애묵은 사람도 있었다. 사우 하나 잘못 봐가 사우가 사상가면 장인도 거 직싸게(엄청나게) 맞고 했다니까. 그때는 실제 그랬다, 무조건 사돈 팔촌까지. 군위뿐만 아니라 의성경찰서도 당했어. 파출소급까지는 말도 못하게 당했고, 경찰서도 많이 당했어. 청도경찰서도 당했다 카지 아마.

전쟁 난 건 언제 아셨습니까?

육이오사변 나고 한 열흘 있다가 안 알았나. 육이오 날 때 여름에 비행기가 **빤딱빤딱**(반짝반짝) 하면서 스무 대 서른 대씩 올라가더라고. 그러다가 한 열흘 있다가 육이오사변 터졌다고 하더라니까. 비행기가 저렇게 **빤딱**거리면서 서른 대씩 올라가도 몰랐어. 와 올라가는지 한 열흘 있다가 알았어. 그러이 피난도 한참 있다가 갔다 카이. 요새 같으면 전쟁 터져 봐라, 방송 나고 하는데 옛날엔 그런 게 어디 있노. [할머니가 말을 이었다.] (할머니 : 낸주(나중에) 모르고 그랬는데 우리 동네 앞에 한 집이 있거든. 우리 앞집 사람들이 사변 난 걸 우예 알았는지 언날(어느 날) 갑자기 소 몰고 지게 지고 짐 싸가 피난 간다꼬 나갔는 기라. 그런데 우리 집은 전쟁이 난 줄도 모리고 있었고, 또 누가 나가라 소리 안 한다꼬 안 가고 가만히 있었거든. 낸주 알아가 결국 나갔는데 양식 짊어지고 옷 짊어지고 산등성이 가니까 북쪽 건너 산에 폭격 소리가 쾅쾅 나고 그러데.)

전쟁 나고 군위에 인민군들이 들어왔었습니까?

인민군들 들어왔지. 육이오 때 밀려서 안 갔나. 고로 같은 데는 이차 전쟁 나 가지고 잔병들, 빨갱이들이 덜 들어가고 남아가 니리(내려) 와 가지고 동네사람들 애먹여 가지고, 고로면 소재지에 있는 사람들하고 그 위에 있는 사람들 할 수 없이 저쪽 산성면[24]에 있던 금동굴[25]에 피신해 있었다. 그게 왜냐하면 맥아더 장군이 인천상륙작전을 하니까 우가 막히고 밑에서 치바다(쳐 올라) 오는 기라. 그러이 새름산[26]에 있다가 중간에 있으니 잔병이 남아 가지고 영천에 남아가 화산(華山)[27]에 있다가 우리 행동 마을로 지나갔어. 화산 거가 지금 영천 삼 사관학교 훈련장 있는 데거든. 거 화산 만댕이(꼭대기)에 미군 비행기가 폭격을 했었다니까. 그래가 여 피난 왔지. 와촌 대구 진량. 식구들 모도 아마 대엿새 걸어왔을 기라. 대구 사람들은 가만히 있었잖아. 대구도 본역(本驛, 대구시 내 중심가에 있는 대구역) 있는데 거 박격폭탄이 두어 발 떨어졌는데 팔 공산 있는 데서 인민군이 박격포를 쏴가 그런 기라. 그래 피난 갔다가 고향으로 돌아온 기 음력으로 팔월 십오일이었지, 보름날. [할머니가 말을 이었다.] (할머니 : 육이오가 나고 그해 삼동(三冬, 겨울의 석 달)에 육이오 피난 갔다가 들오고 나서 그해 삼동인데 그때 진갈비 눈이 오고 할 때였거든. 우리 친정집이 뒤쪽 밑으로 사람이 내려가게 되어 있었어. 나는 자니라고(자느라고) 몰랐는데, 엄마가 내바다보니까 앞대가리 사람들은 말을 몰았다 카든가, 그 사람들은 니꾸사꾸[28] 둘러 미고 좀 괜찮은데 낸중에 따라가는 군인들은 다치가 이래 들고 밀고 다리를 질질 끌고 가는데, 아이고 지나가미(지나가면서) 인민군이 힐끗 쳐다보면 무서버가 문을 걸고 그랬다 카데. 아버지하고 엄마는 일나가(일어나서) 내 방에서 그걸 다 봤다네. 그래가 인민군들이 마실로 한 바쿠(바퀴) 두르는 기라. 그래 아버지가 그날이 인민군들 오나 안 오나 보초 서는 날이라. 그래 아버지 자는 걸 가만히 놔뒀으면 될 낀데, 아버지 보고 인민군들 다 내려 갔는동 보고 오라 캤는 모양인데. 그러이 아버지가 "그라다가 잡히 가면 우야라꼬요(어떻게 하라고요)" 카면서 숨어가 봤는 기라. 그래 인민군들이 내려간 다음에 바로 마실 우에 서당 참 어른들 모시 놓은 오성당(五聖堂)[29]으로 올라가가 숨어 있있다는 기라. 문이 닫겨 있는데 거기 가 있으께네 인민군이 오더란다. 무서워가 문 뒤에 딱 숨어가 있었다 카데. 그때 마실에 우리 군인들도 있었거든. 근데 군인들도 무서워가 숨고 그랬는 기라.)

인민군들이 괴롭히지는 않았습니까?

마을에 해꼬지 한 건 없고 물은 달라고 하더라고. 따발총 같은 거 안 있나? 이놈들이 나무에 손을 묶고 딴 사람들 다 올라갈 때까정 그놈만 남아가 따발총 뿝고 있더라고. 국군들이 빨리 못 올라오도록 그런 전술을 쓰더라고. 그러이 우리 한국군이 인민군 잡으러 빨리 못 올라가거든. 그게 작전 아니가? 우리 동네에 피난 안 가고 남아 있던 사람들도 있었는데 할머니 같으면 별일 없었지. 그런데 우리 마을에 안동 살던 한씨가 카는 데, 안동 거기는 논밭 그거를 누구는 어디어디 카면서 토지 딱 분배해 놨더라 카데. 또 누구는 군수 하고 누구는 이장 하고 카면서 그런 게 벌써 결정 다 돼 있더란다.

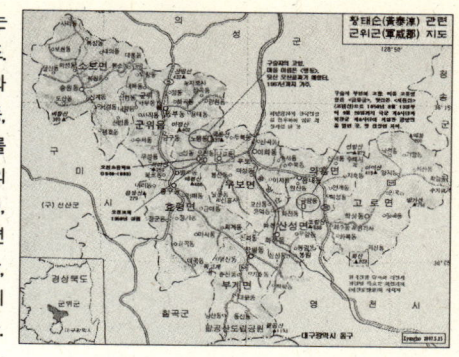

황태순과 연관이 있는
지역을 나타낸 군위군 지도.
고향인 노행동, 오천초등학교와
오천교회가 있는 오천동,
행동, 오천동과 더불어 동제를
지내지 않았던 병수동, 부인의
고향인 산성면 금동굴(금양동),
6·25 당시 격전지였던 우보면
나호동과 고로면의 화산,
산성면의 새름산(조림산) 등이
표시되어 있다.

남아서 부역했던 사람들 경찰한테 애 많이 먹었겠네요.

(할머니 : 애먹었지. 남았던 사람들 지서에 여러 번 갔어. 지서에 있었
던 사람들이 갔다고 하더라고. 오라 가라 그래서 왔다갔다 하더라고. 연
세 많은 분들 중에는 아들이 병자로 중풍이 있었던 사람이 있어 놓으니
피난 못 가고 그래가 폭격 속에 밭에 가서 일을 했는 거라. 엎드려서 일했
는데 엎드려서 물을 마시는데 옆에 총을 맞아가 앓다가 고마 세상 떠났
어. 인민군이 강탈하거나 그런 거 절대로 없었단다. 동네에 연세가 많은
할머니가 있어가 피난을 못 간 기라. 그러이 할매를 돌볼 사람이 있어야
할 거 아니가. 그래 그 집 처자가 남아가 할매를 봤는데 열서너 살 먹었으
니 처자는 아니라고 봐야지. 그러이 인민군이 해꼬지 할 것도 없고, 또 인
민군이 뭘 물어봐도 아는 기 있어야 대답을 하지, 안 그러나.)우리 마을
에는 큰 배실띠(배실 댁) 작은 배실띠라고 있었는데 큰 배실띠가 연세가
많아가 작은 배실띠가 수발 든다꼬 피난 안 나갔다 카이. 그래가 피난 못
나가도 아무 일 없었다. 환자가 있어 가지고 연세 많은 노인이 있어가 그
랬지. 그래도 별일 없었어.

2. 간절히 벗어나고자
몸부림쳤던 농사일

부인이 결혼 직전인 21세 때
찍은 사진. 고향인 산성면
금둥굴(금양면, 지금은
의흥면)에서 친구들과 밀밭에
들어가 찍었다. 사진 오른쪽
아래에 희미하게 영문으로
'aerographic safety film'
(기상 변화에도 안전한
필름이라는 의미인 듯)
이라고 적혀 있다.

부인의 결혼 전 사진.
19세 무렵의 단옷날
부모님께 어렵게 허락을 받고
친구들과 의흥면까지 가서
찍었다. 당시로서는 고급
옷감이었던 망사 옷에 옥보루
치마저고리를 입고 찍었다.
뒷줄 맨 오른쪽이 황태순의
부인이다.

여름에 지게 소리만 들어도 넌더리 난다

어릴 때 농사일은 안 했습니까?

학교 다니기 전에는 소 델꼬(데리고) 나가가 소꼴 믹이고 그랬지. 학교 댕길 때는 학교 마치고 나면 화장실 가 가지고 단지에 있는 거, 겨울 되면 한 세 단지쯤 갖다가 한 이 키로(킬로미터) 걸어가가 보리밭에 쭉 붓고 밥 먹고 그래 했지. 아침에는 일쩍 안 일어나면 아버지가 "야들아 일쩍 일나라, 화장실 퍼야 된다" 카시거든. 그러면 일나는(일어나는) 기라. 그래야 밥맛이 있다고 캐가. 나는 개똥은 안 잡아 봤는데 개똥 줍는 사람도 있었어. 개똥을 줍어 가지고(주워 가지고) 화장실 볕에 넣어가 물 뭐 가지고(부어서) 울렁울렁 해 가지고 통에 떠가 보리밭에 안 가나. 그때는 보리 많이 했어. 근데 냄새도 심하이 나고 추접기도 하고 무겁기는 또 와 그리 무겁노. 그러이 하기 싫어가 보리밭에 뿌리는 거 빼 묵으면(빼 먹으면) 안 돼. 그 이튿날 가면 빠진 표가 확실히 나거든. 물 갖다 줘도 줘야 돼. 빠지면 안 돼. 그만큼 차이가 난다니까.

그럼 그걸 초등학교 때부터?

초등학교 때도 계속 일했지. 밭 매고 소먹이고 소 꼴 베러 가고 그렇지. 초등학교 하면 가기 전에 요즘은 안 그렇지, 옛날엔 햇풀 나면 제레끼만큼 뜯는 거라. 오전에 한 다라이(대야) 오후에 한 다라이 소를 먹이면 소가 그렇게 잘 먹고 살이 쪄. 요새 풀 천지 아니가. 그런데 그때는 우리 동네 오십 호 동네에 소 한 여덟 마리밖에 없었어. 소 한 마리 카면 한 살림 아니가. 그때 우리 집은 소 있었지. 계속 있었지. 한 마리. 그래 일정 때 일본놈들이 이차대전 때 소 공출을 해 가지고, 그래 하고 나니까 아버지가 어릴 때 보니까 한 사흘간 밥을 못 자시더라(드시더라). 얼마나 아깝노? 소 한 마리가 한 살림이라 카는데…. 지금이라 헐치(싸지). 우리가 피난 갔다 와 가지고 소를 죽여 뿌리 가지고, 그때 소를 오십사만원 줬는데 논 서 마지기 팔고 또 집에 돈 이십사만원 있는 거 보태가지고[샀는데 좋은 소가 아니라. 그만큼 비쌌다니까. 지금이야 소 한 마리 육백만원쯤 그만치 가나? 오백만원도 안 간다.

집에서는 농사를 얼마쯤 지으셨습니까?

그래 뭐 예전에는 다 농민의 자손 아니가. 요즘 국회의원이나 회사 사장도 대통령도 전부 다 옛날 농민의 자손이지. 그때 공업이 있었나? 전부 농민의 자손이지. 그때는 보자 위에 할배 때는 골짝 논, 아주 골짝 논 한 서 마지기하고 밭 한 오백 평하고…. 아버지가 일본 가서 벌었어. 탄광 가 가지고. 그때는 지원해 가지고 갔는데 이차대전 나기 전에 갔지. 삼십년대쯤인가, 일본 야하다 제철소[30]에. 어디 있었는지는 모리고. 야하다 제철소 카면 시방 미쯔머시(미츠비시(三菱) 중공업) 그길(그것일) 기라. 거 그때 당시에 야하다 제철소가 얼매나 컸는지 공장 안에 기차역이 세 군데 있었다 카거든. 나는 아버지 일본 갔다 나온 거 잘 모르거든. 듣기로 야하다 제철소 같은 데는 워낙 사람도 많고 근(勤)하이(부지런하니까) "너는 나와 가지고도 출근만 하면 일당 준다" 고 해 가지고 아파도 나가고 해가, 그래 오래했는 모양이더라. 그것 참 자랑이 아니라 아버지가 굉장히 근하거든. 거서 돈을 좀 벌어 가지고 그래 가지고 논을 네 마지기 사고 밭 오백 평 사고 아래채 짓고 그랬거든. 그때 그래가 크게 벌었지.

댁에 머슴은 없었습니까?

우리는 머슴 안 들였지. 대신 아버지가 일 많이 하셨고, 촌에 형님 일 했제. 여 대구 형님은 사범학교 댕기면서 공부한다고 일 그래 안 했다. 그래도 부지런타 영감이. 토요일 날 대구서 촌에 오면 고마 집에도 안 가고 고마 책 보따리 가 가지고 일하로(일하러) 오는 기라. 우리 밭에 재배하던 것 중에 지황(地黃)[31]이라 카는 기 있어. 이래 약초 하는 긴데 지황이거 내 공납금(公納金)이라 카면서 일을 하고 그래. 토요일 날 오후에 가 가지고 밭에 가서 일하고. 그때는 집에 먹을 만해도 아들 너이 같으면 둘 없어도 되면 둘은 너무(남의) 집 가는 거야. 있어도 돈벌이 하러 간다니까. 그래가 둘이 안 먹고 벌이면(벌면) 그게 어디고? 있어도 그래 많이 했어. 돈 있어도 다른 집에 가고. 일 년 가 봤자 큰 머슴은 캐 봤자 쌀 한두 섬, 적은 머슴은 한 섬 받고…. 꼴머슴은 소 먹이고 그래 해가 입이나 얻어먹고, 돈은 안 줬어. 입 하나 던다고 그래 마이 했어. 실지 참 엄청나게 어려운 건 말도 못했어.

어르신 소싯적엔 무슨 농사를 지었습니까?

서숙[32]을 마이 했는데, 왜냐카면 이렇다. 옛날에는 저수지 안 돼 가지고 보리 해가 오월에 갈아 먹고 나락 숨글라고(심으려고) 해 놓면 비 안 왔거든. 중복(中伏, 하지 후 제4경일) 카는 게 있어. 초복, 중복, 말복 할 때 중복 말이라. 때도 비 안 오면 서숙 가는 기라. 두드려가 갈아 놓으면 서숙이 잘됐어 서숙이. 들 같은 데 좋은 데는 물이 좋아서 나락농사 하고 골짝 같은 데는 서숙 많이 했어. 조를 많이 했지. 벼농사는 하는데 제대로 된 저수지 하나도 없어. 골짜기는 못 없는 데가 많애. 서숙도 안 되면 논에 메밀도 갈고. 그라고 목화(木花) 많이 했지. 목화 공출 많이 안 됐나 일본으로. 우리는 안 했지만, 뽕나무도 마을에 해 가지고 그기 공출이 됐는지 안 됐는지는 모르겠는데, 하여간 하기는 마이 했었어. 밭떼기 쭉 나가는데 보면 뽕은 몇 집 없었어. 여가 뽕은 귀했거든. 지금에는 접붙여가 하는 거 힘들고, 감나무 접붙이면 할까 그만침 뽕나무는 드물었어.

과일농사는 안 했습니까?

과수(果樹)는 감뿐이지. 대구 부근인데 일개 면에 이야기해 봤자 그때 일정 때 과수원 밭이, 몰라 두어 자리 있으면 있을까? 많이 없었어. 감 말고 사과랑 배가 우짜다(어쩌다) 있고, 대추나무 있고, 사과는 참 드물었어. 공출돼가 오면 그때 사과를 하나 사는 기라. 새파란 거. 그런 거 하나 먹을려면 참 식구 여덟 같으면 한 대엿 개 사 오면 우리한테 하나 안 오고 어른들한테는 온 거(온전한 것) 돌아가고 우리는 반 개 쪼개서 먹고. 외(노지 참외) 있었고 수박 있었고 그랬지. 그때 그건 있었지. 유자(柚子)카는 건 그때 정말 드물고. 근데 보마 수박 같은 건 안에 씨가 한없어. 타 닥 배기고 이만큼 굵도(굵지도) 안 하고 씨가 말도 못하지, 새카맣지.

담배농사는요?

했지. 해방되고 보자 한 십 년 있다가 했지. 근데 첨에 할 땐 양은초라고 해 가지고 태양에 말루는 거 하다가, 늦게 또 황초[33]라고 불에 굽는 거 했는데 해봐도 자꾸만 안 돼. 그걸 해보니까 생각처럼 잘 안 되더라고. 담배로 돈 못 벌었어. 안 되더라고. 근데 참 담배가 일은 또 얼마나 많은지 아나. 옷 다 배리고 진이 다 묻고. 담배 그거 따는 것도 꼭 제일 더불 때(더울 때) 따야 돼. 돈도 안 되고 담배 그거 해가 한마디로 골병 들었어. 담배농사 해가 전매청(專賣廳)[34] 가지고 가면, 가가 미리 와이로[35]를 쓰는 기라. 가령 담배 사는 쪽에다 십 프로(퍼센트) 준다. 그래가 좋은 등급을 놔도 하면 잘해 준다고. 백만원 같으면 십만원 먹거든. 근데 그기 무슨 소용이고. 우리는 담배가 잘 안 돼서 그걸 들고 갔디 콩 같았는 거보다 더 못하다 카더라. 그때 그기 원인이 있어. 담배는 일모작(一毛作)을 해야 되는데 고마 이모작 하면 안 되거든. 할라 카면 순전히 담배만 해야 되는데 다린 거 숨가가(심어서) 해 묵고 고 뒤에 담배 숨가가 했으이 잘될 택이 없지. 담배 숨그는 거는 보리 비 놓고 숨궜는데, 요즘 광농(廣農, 농사를 많이 지음)하는 사람들은 보리 안 하고 봄으로 숨가서 팔월, 음력 팔월 지내기 전이나 추분(秋分) 돼서 서리 잠깐 오고 할 때 고때 따더라고. 담배 색깔도 다섯 가지로 구분해야 되는데 길이도 안 그렇나, 일이 엄청나게 많다. 담배는 약이 올라야 돼. 심어 가지고 요요 올통볼통하고 뚜껍하고(두껍고) 빛이 노르끔하게(노릇하게) 잡혀야 따거든. 그래야 색이 잘 나는데. 시커먼 거 그냥 하면 안 돼. 담배는 담배대로 하고 고추는 고추대로 하고, 다 나락농사하고 겹쳐가 안 했나. [할머니가 말을 이었다.] (할머니 : 내 시집가이 하고 있더구만. 그때 담배 해보니까 파이데(좋지 않데). 밭을 둘째 큰집하고 갈기는 한 육백 평 갈았을 기라. 나는 그때 아 키운다꼬 제대로 일을 하지는 안 했는데, 세상에 어예 전매청에 가지고 가가 내고 하룻밤 자고 왔는데 보이 콩 숨갔는 거 보다 못하더라. 애만 얼마나 묵고. 담배 그기 토질도 좋아야 되고, 색도 좋고 체질도 좋고 그래야 돼. 우리 촌에 밭에는 담배가 잘 안 됐어. 우리 능금밭 같은 데는 색이 잘 나와가 돈을 마이 받고 그랬어. 담배 또 무까 도(묶어 줘), 조리해도 카면서 얼매나 카는지. 말룬다고 달아 놓고 조리한다고 물 뿜어가 무끗는다 (묶는다) 카고. 아침에 내놨다가 저녁에 또 들루코(들이고). 나물단도 잘 묶는 사람이 묶어야 참한데 나는 생전에 안 해보던 일 아니가. 그러이 묶어 노이 똥무시같이 그렇데.)

농사 안 지어 본 게 없으시네요.

약초도 해봤다. 황기(黃芪)[36]도 해보고 지황도 해보고 여러가지 해봤는데 돈 안 되데. 어지간하면 될 줄 알았디(알았더니) 참 돈 안 되더라. 지황은 굵어서 좋고 했는데 돈이 안 되이 뭐. 요새처럼 안 이렇고 그때는 무조건 안 되면 갖다 내버린 거랑 마찬가지고 깨 한 말 가져가도 쌀 한 말 값밖에 안 되더라. 그래도 깨 한 가마니 넘게 해봤다. 두 가마닌가 우리 살림 나가 깨 서말 팔아서 두 개 농사지으면서 깨 서말 팔아서 송아지 한 마리 사고, 우리 진영이 폐렴 걸려서 쌀 닷 되 걸머 지고 이십 리 다녀와서 주사약 요거 하나 넣으면 끝난다. 그것도 어디 병원에 가나? 밑에 동네 가서 군에 가가 의사질 의무병 했던 사람들 주사도 놓을 줄 알거든. 그 사람들 주사 맞히고 십리 넘어가 가지고 걸어 다녀오면서 쓸 정도 그것밖에 안 돼. 약값이 그만큼 비싸다.

그때도 탈곡기가 있었습니까?

그래. 참 탈곡기(脫穀機)[37] 그기 일본 사람들이 줬지. 미노루시키[38]인가, 아버지가 일본 거 두 대를 가져왔는데 한 대는 잘 돌아갔는데…. 그때 하마 오십 년 전에 가져왔던 것이 그때 우리나라 맨들어 논(만들어 놓은) 것 보다 훨씬 더 나았어. 요새 맨들어도 그거보다 안 좋을 기라. 그거 우예 터는고 카면 톱니바퀴 대고 밟으면 돌아가게 되어 있어. 탈곡할 때 더운데 까끄래이(껍데기) 날려 가지고 애뭇다(애먹었다). 보리 까끄래이는 덜 까끄러운데 나락 알갱이는 진짜 깔끄럽다. 그래 하면 아나 삼베 안 있나? 삼베 이렇게 불라가 깨끗하게 문때가(문질러서) 하면 괜찮다니까.

1973년 둘째 아들의 대구 동촌초등학교 1학년 재학 당시의 소풍 사진. 마침 담임이
초등학교 동창 부인이었는데, 한 번은 가정방문을 와서 "너희 집 너무 없이 사는구나"
라고 하면서 안타까워했다고 한다.

그래 했다 카이.

[할머니께] 어르신이 참 부지런해서 고생하셨지요?
　(할머니 : 그 얘기도 해줄까? 가을에 나락을 타작할 땐데 나락을 거다
가(거둬서) 한껏 우리 집 큰 마당에 쓸어 놓고는 내일 타작해야지 생각하
고 잠자리에 들었어. 근데 새벽 두시도 안 됐는데 '왜롱타롱, 왜롱타
롱'(할머니가 탈곡기 소리를 표현한 말) 카는 소리가 나이 다른 이들 다
깨지 안 깨겠나? 아침 묵고 낮에 해도 실컷 할 낀데 '왜롱타롱' 소리 내
가 전 식구 다 깨게 해가 되겠나? 난 광영이가 있어가 눕어 있었거든. 지
때(제때) 되면 참이나 좀 해주고 아침이나 해줄라고 했더만 고마 저리 일
찍 일나가 설치는 바람에 동서가 오더니만, 야 이 사람아 일난(일어난)

김에 장에 가져갈라 카이께네 지정[39] 이거 좀 찧어라 카는 기라. 그거 찧을라 카면 방아에 올라 가야 되는데 디딜방아 그거 참 얼마나 길던지. 디딜방아 그거 와 테레비에 자주 안 나오나. 우리 친정집에 방아는 좀 개갑고(가볍고) 해가 발로 팍팍팍 풍덩풍덩 찧으면 곡식이 팡팡 잘 찧이는데, 이 집은 암만 방아에 올라가 가지고 힘을 줘도 터들썩터들썩 카면서 방아가 안 올라가는 기라.[40] 그래가 방아에 올라갔다가 내려오고 올라갔다가 내려오고, 아무리 해도 안 되는 기라. 혼재(혼자) 찧다 찧다 안 돼서 "어머님 저거 방아가 안 올라가서 못 찧습니다" 카이 어머님이 막내한테 혼재서는 못할 일을 시킷다고 동서 욕을 하는 기라. 어머님이 타작하는 수발도 참 들어 주고 "이거 내하고 같이 해야 되는데 왜 니한테만 저걸 찧어라 카노" 카면서 또 동서 욕을 해재끼는 기라. 그러이 부모가 좋다 카는 거야. 어머님하고 같이 거진(거의) 두 시간 그거 다 찧고 나니까 날이 밝데. 나는 아침잠이 많고 아 아버지는 아침잠이 없으이 얼매나 힘드노. 부지런한 거는 좋지만은 다른 이도 자도록 해야지. 살짝 한숨 자고 일나가 왜룽타룽 카면서 동네가 시끄럽도록 기계소리를 내니 동네 사람들 그 소리가 얼마나 시끄러웠겠노?)

소리가 '왜룽타룽' 하고 나는 기계라면?

탈곡기 아이가. 옛날에 나락 터는 탈곡기는 밑에 밟으마 이기 돌아가면서 소리가 '왜룽타룽' 그렇게 나온다. 그때는 이런 기라. 우리 논은 곡식은 많이 했거든. 남들하고 타작 같이할라 그러면 누버 있어도 잠 안 온다. 나는 타작할 거 마당에 쌓아 놓으마 잠이 안 온다. 그러이 일찍 일나가 일을 한 기라. 안식구는 아침잠이 많아 노이 자꾸 싫증 내고 그캤지. 우리 어머님은 안식구한테 뭐라도 맛있는 거 줄라 그러고 나은 거 줄라

이캤지. 우리 어머님은 천심이었으이 안식구가 어른 시집이야 안 살았지. 근데 동서가 자꾸 던(힘든) 시집살이를 시키더라 카이. 우리 큰형수가 말이야. 형수가 천지 자기는 그렇게 한 번도 안 했던 일을 안식구한테는 시킷는 기라. 막내 동서한테. 그러이 우리 어머님이 '나는 니한테 그런 거 한 번도 안 시킷는데 와 막내한테는 막 시키노?' 카면서 뭐라 카고 그랬다니까. [할머니가 말을 이었다.] (할머니 : 근데 형님은 자기 미늘한테도 그래 대했어. 그래 노니 있는 미늘도 못 거늘더라(거느리더라). 빨래하는데 비누도 안 사 주고 잿물 받차가(받아서) 하라 카고 그러니까 미늘이가 같이 살라고 그러나? 우리 둘째 조카가 가마니에 쌀로 퍼다가 이웃에 줘가 비누 사 와라 그래가 가마니에 놔놓고 쓰다가 형님한테 들킨 기라. 형님이 "이거는 웬 기고?" 그래서 아들 미늘하고 싸움이 나고 …. 그칼(그렇게 할) 필요가 없는데 맥지(괜히) 그래가 미늘 대구로 튀 나가 뿌리고 그랬지. 나는 그래도 친정에서 시집올 때 비누를 많이 사 가지고 왔거든. 가지고 온 거 다 쓰고 나서는 친정에 올라가가 돈 조금 주는 거 받아 가지고, 어머님 줘가 다른 이 시켜가 엿쟁이 오면 엿쟁이한테 사가 쓰고 했지. 형님 미늘들은 오래 시집을 사니 친정 돈을 자꾸 가져다 쓸 수 있나? 나도 그렇게 어려운 줄 알았으면 친정 엄마한테 돈 돌라 그래가 같이 썼지.)

그런데 농사할 때 뭐가 제일 힘드십니까?

논고랑 만드는 거도 힘들지만 남자로선 논 가는 게 제일 힘들지. 근데 지게 지는 게 이게 또 진짜 골치 아프다. 골치 아픈 게, 지금은 안 그런데 우리 그럴 땐 지게 카는 거 안 있나? 이기 여름에 되면 하루 종일 지고 나면 웅기가(넌더리가) 난다. 여 어깨도 아프고 다리도 아프고 또 까끄랍

기도 하고. 참 가을 되면 퇴비해가 내는 거 마 지게 지는 게 제일 골치 아
프고, 모심어 놓고 논 매거든. 이놈은 맨손으로 매는 거라. 맨손으로 매
면 손 끈티기(끄트머리) 같은 데 이런 데 피가 나는 거라. 그래도 논매는
거라, 엎드려서. 첨에 매서 처음 두 번 맨손으로 안 매나.

농사 치우고 공장 갈라 캐도 자리가 없어

겨울 농한기에는 좀 쉬실 수 있었겠네요?

쉬기는 무슨. 아 나무하지 나무. 만날 오전에 한 짐 오후에 한 짐 만날
나무 아니가. 놀 여가 없어. 추버도(추워도) 전부 산에 올라가가 나무해
야 돼. 봄부터 여름, 가을꺼정 큰 단으로 한 단비(더미)를 쌓아야제. 나무
그것도 많이 있어야지만 되는데 우리는 골짜기라서 그렇지 의성 탑리
(塔里面) 같은 데는 [나무가 없어세] 근 팔 키로, 근 십 키로 되는 데서 거
사람들이 우리 고향까지 와서 나무를 하는 기라. 그때는 잔디가 많이 올
라왔거든. 근데 하도 밟아가 밀어 가지고 잔디도 많이 없었어.

겨울엔 나무하고 언제부터 농사준비를 시작합니까?

음력으로 이월 초순되면 준비하지. [할머니가 말을 이었다.] (할머니 :
논도 갈고 밭도 갈고 거름 퇴비도 자꾸 내고 안 그러나.) 어어 안 그러지.
이월달 되면 풀리는데 저 보리 카는 게 애매한 기 입춘(立春) 카는 게 있
어, 고거 지나 가지고 얼어붙은 데 파 보면 새뿌리 카는 게 있어. 삼 일 돼
가 파 보면은 (뿌리가) 두나 내릴 때도 있고 세나 내릴 때도 있는데, 하나
내리면 그해 보리농사 흉년이라. 잘 안 돼. 두나 내리면 그해 보리 풍년
이라 안 카나. 그게 한기(限期)가 딱 나와 있다니까.

보리는 언제 뿌립니까?

가을에 안 뿌리나. 가을에 나락 비어 내고 안 뿌리나. 추석에. 근데 보리는 저거는 무해(無害)야. 약 안 친다 보리는. 나락은 좀 치는데 보리는 하나도 안 친다. 그래 보리 심어 놓고 쭉 나오면 밟는 거, 봄에 안 밟나. 보리가 겨울에 얼어 가지고 얼어붙으면 전부 뿌리가 들치거든(뜨거든). 그래 뿌마 봄에 바람 불면 보리가 말라죽거덩. 그러이 그래 안 밟아 주나. 착근 잘되라고. 보리는 진짜 좋은 거다. 나락에는 일절 없다. 그러이 좋은 거라. 신토불이 아니가. 보리 수확은 하지(夏至)에. 우리는 하지를 '한갑'이라 카는데, 하지 전에 거의 다 비지.

모심는 건 몇월달에 하십니까?

보리 고거 비 내고(베어 내고) 그 다음에 인제 모심지. 오래전에 요샌 안 그렇지만 전에 보니끼네 거 보면 대부분 오월달 되면 모심어. 거 요즘은 기계로 하고. 옛날에는 비 오고 하면 좋은데 [비가 안 와서 땅이] 말라붙으면 소 가지고 갈아 보면 소도 힘들고 사람도 힘들고 말도 못하게 디다(힘들다). 요즘 기계 트랙터 같은 거로 갈라 그러면 하루에 열댓 마지기…. 소하고 쟁기로 갈라 그러면 하루 두 마지기밖에 못해. 그래 보리를 비 내고 땅을 다시 전부 다 갈아엎어야 되는데, 이기 또 디다. 그라고 모 심굴라면 물도 그득이(가득) 있어야 된다. 그러이 천봉답(天奉畓)[41] 카는 거는 저수지도 없고 하늘에 비 오면 기다리는 그기 천봉답이고. 골짝 같은 데는 모심지도 못해가 있는데 들녘에는 가 보면 푹 들어간 데는 물이 심수같이 차 있고 하이 어지간히 비가 안 와도 모를 심는 기라. 거 모를 심어 놓으마 시퍼러이(파랗게) 얼매나 보기 좋은동. 그러이 "우와! 여기는 진짜 살 만하다" 카는 소리가 저절로 나온다. 물 좋은 데만 살아도 얼매나 좋겠노 싶으이 거 부럽고말고.

모를 심고 나서 자랄 동안 무슨 일하십니까?

논 매고 약 치고 물 푸고 늘 안 그러나. 지게 가꼬(지게 가지고) 거름하고 짊어 댕기고 갈 때 짊어지고 가고 올 때 뭔따나(무엇이든) 쪼매라도 풀을 많이 비 가지고 집에 썰어 가지고 싹 갖다 재면 그게 보하이(하얗게) 뜬다 카이. 그러이 퇴비가 좋아. 소죽도 끼리는데(끓이는데) 냄새가 구수하이 좋아. 감자도 넣고, 나락하고 보리는 쓰면 껍질에 등게 그게 있어. 등게 그걸 주로 많이 넣지. 당가래 카는 거. 그거 넣어서 끼리면 소죽 인제 물렁물렁 하이 냄새 좋다 카지. 또 소 잘 먹이는 이는 보리도 넣고 콩도 넣고 그래. 그기 양분이 많지. 그라마 소 살 잘 찐다 카이. 아무리 소가 귀해도 살(쌀)은 잘 안 넣지. 요즘 보면 소가 불쌍한 거라. 요새 나가면 햇풀 안 있나? 이월달 되면은 다섯 살 여섯 살 되면 고랑에 가는 거라. 낫 가지고 호메가(파내서) 요만큼 올라오는 것만 비는데 여섯 살 먹어 가도 그 정도는 다 하더라 카니까. 요만큼씩 캐 보면 소가 그리 잘 먹는다 카이. 그러이 들에 소 믹일 거라 캐 봤자 소꼴(소에게 먹이는 풀) 그거뿐이라. 실지 그랬고. 근데 그때 농사하고 지금 농사는 천차라. 지금은 머리 써가 하지만 그때는 힘뿐이라. 힘뿐인 기라. 산에 가서 풀 비 오고 힘으로 한 거야 힘으로.

서로 일 도와주는 거 안 했습니까?

그건 품앗이라 카지. 품앗이는 뭔가 하면 모심어 가지고 모가 살면 까물이 하거든(가물거리거든). 그럼 그때 호미 가지고 품앗이 하는 거라. 너 언제 논 맬라 그러면 우리 언제 맨다 그러면 한 번에 육칠 명씩 해 가지고 말이야, 밀주(密酒) 하고 해가 거창하게 한다. 큰 잔치 한 가지라. 국수 같은 거 해 가지고 먹고 집안들도 먹고. 그때 그 집에 가면 먹을 게 푸짐한 기라. 푸짐하다 캐도 그때야 별거 있나. 그저 한 집은 장떡[42] 같은 거 해가 보내고, 정구지(부추) 잘하는 집은 그거 항금 해가 부치고, 또 어떤 집은 마른 명태 추가 가지고(축여 가지고) 적(전, 煎) 부쳐가 보내는 기라. 이제 집에 부모들이 저거 안 먹고 같이 묵으라고 보내는 기지.

농사지을 때 경운기는 언제 처음 써보셨습니까?

나는 경운기 안 썼다. 경운기가 원래 일본들어(일본에서) 나왔거든. 경운기 홀치(쟁기)라 안 카나. 촌에는 경운기 없었다. 어디 경운기 있었노? 대구 나와가 마루보시 할 때 보니까 경산(慶山)사람 한 사람이 일제 경운기를 들렀는데 그때 삼십만원 줬다고 하더라고. 그때 내가 마루보시 하면서 한 달에 만오천원씩 받았는데, 한 달 월급 그래 받을 때 경산 사는 그 사람이 삼십만원 주고 경운기를 샀으이 얼마나 비싸노? 경운기는 일본서 안 나왔나. 내가 고향서 농사지을 때는 보도 못했고 대구 나와 가지고도 보자 한 칠 년 후에 일산(日産)이 나왔다 카이. 칠십오륙년, 아니 칠십칠팔년인가?

그럼 과수원 할 때 경운기 안 쓰셨습니까?

고로에서 과수원 할 때 그때는 내가 경운기도 썼지. 과수원 할 때 광영이도 드가가 일 많이 했다. 토요일 날 가가 밤새도록 물 퍼내고 일 많이 했다. 그때 다른 일도 하면서 한 번씩 토요일에 부자(父子) 드가서 일하고 일요일엔 집에 오고 그랬지. 진영이 원영이도 가가 저녁으로 약 치고 큰물 날까 봐 방천(防川, 강의 물이 넘치지 않도록 쌓은 둑) 나가가 흙 넣고 망태 갖고 쌓고 고르고 했어. 그러이 경운기가 있어야 돼. 처음 경운기 구입한 거는 팔십 몇 년 돼가 샀을 기라. 그것도 왜냐카면 장인어른이 황서방 직장 못 댕길 끼고 카면서 그때 돈으로 이십사만원쯤 되는 갱비밭을 주시더라고. 갱비밭이라 카는 거는 원래 지번이 있는 논인데 하천 가까이 있어가 큰물이 지마 고마 모래밭처럼 돼 뿌는 기라. 그러이 국가가 소유권을 가 있는 거하고는 다리고(다르고), 물이 져가 버려진 땅이기는 하지만 지번이 있는 개인 하천 부자라 칼 수 있지. [할머니가 말을 이었다.] (할머니 : 그기 우에 된거냐 카면 이렇다. 내가 공장에 댕기미 돈을 좀 모다가 참 친정에 맺기 났는데 고마 아부지가 동생들 공부시킨다고 그 돈을 썼 뿌린(써 버린) 기라. 그래가 대신 받은 기 이 땅 아이가. 땅은 일찍 받아 났는데 과수원 할라꼬 시작한 거는 광영이 고등 일학년 그때부터일 기라. 근데 큰물이 몇 번 져가 재미 못 봤어. 그래도 햇수로 한 십이 년 정도는 농사지었을 기라.) 근데 원래 논이 큰물이 져가 갱비밭이 됐으이 전부 돌이고 자갈이고 안 그러나. 그래 동네 청년들 모아서 리아카로 한 밭에 얼마씩 퍼 줘 가면서 돌을 들어내가 과수원 모양을 냈는데 큰물 져 가지고 그걸 두 번 떨가 뿟다니까(놓쳤다니까). 첫해 백만원, 그때 돈 백만원이었으면 엄청 컸어. 도저(불도저)로 밀어 놨는 거 가지고 나무를 심어 놓으니 칠팔 년 있다가 또 큰물 나가 또 떨가 버려가 애먹었다. 내 손해 많이 봤어. 안 그랬으면 그거 그 돈 가지고 대구 와서 샀으면, 그때 당시만 해도 양옥집 두 채는 샀어. 과수원에 거 돈 많이 때려 넣었다. 원래 농사짓던 사람들은 땅에 욕심이 많아가 안식구는 안 팔라 카는 걸 결국에는 팔았지. 그때도 광영이 엄마는 안 팔라 그랬는 기라. 그때 잘 팔았어. 그 나부래(덕분에) 원영이 공부시키고 안 그랬나. 요새 거기

1975년 마루보시 계모임으로 냉천 자연농원에 가서 찍은 사진. 당시 "박정희 대통령 각하, 국사에 수고 많으십니다" 라고 말하는 구관조가 있어서 신기해 했다고 한다.

땅값이 평당 만원도 안 가. 그때 삼천만원 받고 팔아 가지고 빚 좀 지 가면서 공장 건물 지었는데 지금 생각해도 잘했어.

　일정 때 공출은?

　명(무명)도 공출하고 삼베도 공출했지. 삼베는 뭐냐 하면 말(馬) 저거한다 카미 삼베 공출했어. 말 꼬리 하는 데 쓰고 한다면서 공출 많이 했어. 명도 공출 마이 했어. 저거 모르나 아편(阿片, opium)[43]이라 카는 거. 아편도 공출했어. 참 그래 아편은 옛날 나락 농사짓던 데가 건너 밭인데, 삼백육십 평이거든. 아편 딱 가는 기라. 갈면 대가리가 요만큼 올라오는 기라. 올라오면 대나무 얇게 해가 끝에 살짝 끄팅이면(잡아당기면) 겉으로 나와. 그때 대나무 그걸 가지고 싹 그리면(그으면) 하얀 물 나와가 끝에 맺히는데, 심하게 그래 뿌면(그렇게 해 버리면) 안으로 드가서(들어가서) 하나도 안 나오는 기라. 고래가(그렇게 해서) 쪼매 기우(겨우) 모닸는 게(모은 게) 얼마나 모닸는가 하면, [용각산 통을 가리키며] 이것보다 크다. 그래 모다가 그것도 공출 안 했나.

아편까지 공출했다는 말입니까?

그렇지. 그래가 일본놈들 전부 다 안 가져갔나. 못 믿는 모양인데, 어 확실히 했다. 아편 그래 다 그리가 집에 갖다 놔두면 꼭지에 씨가 있어, 고놈을 요래가(이렇게 해서) 비틀면 아주 고시하다(구수하다) 카이께네. 말도 못하지. 아편 공출도 그거 많이 했어. 아 뭐에 쓸라고 가져갔는지 몰라. 청일전쟁 때 아편전쟁 안 했는가? 아닌가? 우옛든 참 그때 많이 했지. 마을에 많이 했지. 삼백육십 평 해봐야 기우 나오는 기 요거 작은 통밖에 안 돼. 까만데 뭉치면 요거만 해. 그래 우리도 생각해 보마 등신이지. 그냥 놔뒀으면 우리가 아편이 뭔지 아나? 아편이라는 기 참 배 아픈데 직효다(즉효다). 입 안에 피 나는 사람은 못 먹게 하지. 배 아픈데 고마 싸라기 반만 먹으면 대번에 낫는 거야. 참 좋지 배 아픈데. 아편 잘 모르제? 일정 때 우리가 아편을 그래 했다는 거 그거는 내가 확실히 알지. 그거 여 용각산 통만하게 이만침 모둘라(모을라) 그래 봐라. 삼백육십 평만 하더라도 식구들이 다 매달려 가지고 했지 그래.

또 어떤 것 공출했습니까?

가마니도 안 짰나. 가마니 말도 하지 마라. 가마니 오십 장씩 가가면 일등, 이등, 삼등 있는 거라. 그것도 일등 마질라고(맞추려고) 암만(아무리) 잘 짜도 일등 안 되더라. 열 장씩 걸머 지고, 팔 키로거든. 근 이십 리를 그걸 지고 가는 거라. 지게에 걸머 지고 형님들이 같이 가더라 카이. 그래가 효령면사무소에 안 갖다 냈나. 그래야 비료도 나오고 했다 카이께네. 함흥인가 거 왜 흥남비료공장에서 나오는 저게 마이 있었어. 무슨 비료인동, 질소비료인지 복합비료인지 모리겠는데 거 비료에 머르치(멸치)가 마이 섞여 있었거든.[44] 비료가 색깔이 벌갰어. 머르치는 중치쯤 되고. 그기 섞여 있었다니까. 그거라도 좀 먹을라 카이 못 먹게 하데. 실지 먹었으면 큰일 날 뻔했지. 비료에 섞여가 안 썩었겠나 말이라. 배가 고파가 그것도 묵을라 캤다 카이.

일정 때 동네에 일본 사람은 없었습니까?

동네엔 없었는데 순사들 오면 진짜 진(긴) 칼 이만큼 번쩍번쩍 카는 거하고 동네 사람들이 전부 숨었다니까. 동민들도 숨고 겁을 냈다니까. 효령면 지서장이 일본놈 아니가. 일본 사람들이 했지. 일본 사람들 캐가 뭐 빌난(별난) 거는 뭐 순사배께는 없다. 순사 마을에 온다 그러면 숨어 뿌고, 대화해 봤자 일본 말 아는 사람이 어딨노? 그때 당시에 일본 말 아는 사람 없거든. 참 그때 순사 카면 고마 엄청나게 겁을 냈어.

농사 말고 다른 일 하시고 싶은 마음이 없으셨어요?

그때 있었지. 공장 생활 하고 접어 가, 글키(그렇게) 갈라 캐도 그때 공장이 어딨노? 공장이 없더라. 공장이 없어. 군위 같은 촌에 회사 카는 기 어딨노. 대구 사람도 몬 가는데 촌에 앉아가 공장은 무슨. 대구 캐도 공장 캐봐야 수성동에 어디 야마도 공장 카는 거 하나밖에 없었다 카더라. 야마도 공장이라꼬 일본말인데 실 푸는 공장이 있었어. 거 사람 많했어.

그때 그런 노래도 있었다 카이. "시집을 못 가면 무슨 걱정이요, 야마도 공장에 실 풀러 가면 되재" 그랬거든. 요새 치면 뭐 섬유공장 아이겠나. 그라고는 공장이 없어. 갈라 카는 나도 애 많이 써도 공장이 없으이 갈 데가 없어. 부산 같은 데 고무신 공장 캐도 거는 아무따나(아무 때나) 못 드갔고(들어갔고) 없었다 카이. 실지 부산에 우리 외사촌 형이 있어가 일본 가 가지고 차에 페인트 칠 하는 거 배아 가지고(배워 가지고) 한국에 큰 기술자가 없으이 부산에 있는 큰 공장에 있었거든. 그래 그 빽으로 거 들어가려고 아무리 애써도 안 되데. 사람이 안 빠지니 안 되더라. 그때는 취직하기 어려워가. 그래가 어쩔 수 없이 농사 쭉 짓다가 군대 갔지.

요새 대두박 그거 개도 소도 안 먹지

어릴 때 당시 먹는 것은 어땠습니까?

우선 먹을 게 없었으니까, 소나무 불대라 카는 거 있어. 벌건 나무 있어. 묘(墓) 이제 가세(가에) 이래 심어 놨었던 거 가만히 이래 빗기가(벗겨서), 안 껍데기 고거 빗기가 말라 가지고 먹고 그랬지. 불대 속살을 솥에 삶아가 빨래 방망이로 몇 번 두드리가 떨떠부리한(떫은) 물은 울가 내서(걸러 내어) 바싹 말라가 찌 갖고(찧어서) 체에 처가 가루 내 가지고 죽 끓이가 묵고. 체에 남은 거는 또 불라가 말리고 빠사가(빻아서) 이것 저것 섞어 끓이가 묵고 그랬지. 그러이 사람들 모도 얼굴에 부색(붓기)이 들고 그래 안 했나. 또 칡뿌리 안 있나? 큰 거는 요만큼 한 거 있다니까. 거 인제 빗기 뿌고 물에 두드리가 말라가 가루 내가 수제비 해 먹고 그랬어. 실지로 그랬어. 그란데 그게 우째 찐득찐득한 게 수제비가 됐나 카면 같아가 나오거든. 말라가. 우리가 잘살아도 아침에는 밥이고 나머진 전부 죽이야 죽. 칡 그거를 볶아 가지고 빠사 가지고 체에 쳐 가지고 그걸 콩 넣고 볶았다고. 그라이 볶음 죽이라 그건. 진짜 좋아 구수해. 그때 먹는 기 그랬다 카는 거는 안 겪어 보면 모른다니까. 엄청나게 어려웠다니까. 요새 애들이 그걸 우예 알겠노. 그라고 조당죽(조당수의 사투리로, 좁쌀을 물에 불린 다음 갈아서 묽게 쑨 음식) 카는 게 있어. 조 노란 거 고거 가지고 죽 끓이가 조당죽 먹고…. 그러이 말 못해. 요새 애들 한테 카면 안 믿는다 카이. 처음 일본 갔다 와가 먹고 못살아서 엄청나게 고생했어. 옛날에 장에 가가 뭣도 모르고 막 사서 묵고 죽은 사람 많아. 복어, 상해(상어) 먹고. 우리 마을에도 몇이 있었다 카이. [할머니가 말을 이었다.] (할머니 : 요즘은 상해 카면 모르지만 요새는 곱상어[45]라 캐야 알지. 상어는 여러 질이거든. 이기 돔배기[46] 새끼라. 그거는 꼭 요만큼 하다. 곱상어 요만큼 한 거 마이 해다가 회 해 먹고 알 빼가 기름 짜가 쓰고 그랬지. 기름 짜고 남은 거는 노루 같은 거, 산 끄텅이(끄트머리)에 있는 밭에다 노루가 곡식을 못 묵구로 할라꼬 밭 주변에 갖다 놓고 그랬지. 기름 짜면 그기 냄새가 좋아. 요새는 곡식이 비료도 뭐고 좋아가 곡수도 많이 내는데 그때는 광농 내는 사람이 없었어. 참 알뜰한 사람은 몰라도.) 우리는 동네에서 그건 못 봤는데 초봄 되면 양석 없어가 양달에 보리를 마이 묶어 놨거든. 고거 비 가지고 말려가 빠사 먹으니 버섯(마른버짐)이 까라(가라) 앉더라고 하데. 못 먹어서 붓고 그랬다는데, 우리는 모르지. [할머니가 말을 이었다.] (할머니 : 보리가 요만큼 안 크나? 보리 팰라 카고 그럴 때 그걸 나물 부어가 그걸 비 가지고 소 풀 써는 작두라 카는 거 있다. 거기 풍당풍당 썰어가 삶아가 볶아가 호박에 찧어가 디딜방아에 찧어가 체를 쳐가 죽을 끓여서 먹으니까 부색(붓기)이 빠지더라고. 그것도 곡식이라꼬 그만큼 어려웠던 거라. 나물 그것도 뜯어가 섞는 거라. 우리는 그런 걸 모르지. 그랬다 카더라 나는 모르지 뭐. [구술자를 가리키며] 여도 들어 보기만 했지 그래 묵어 보지는 못했을 기라.)

그럼 보릿고개는?

우리는 그걸 몰랐는데 '기묘년(己卯年, 1939년)이 언제였노' 카데. 보리 숭년(흉년)이라 카거든. 노래에 '영감아 곶감아 뉘 죽었노? 기묘년 숭년에 메뚜기 뒷다리 치여가 죽었다' 그러거든. 그러이 그만침 못 묵었다는 기라. 죽은 영감 그런 거는 모르는데 기묘년, 병술년(丙戌年, 1946년) 보리 숭년 카는 거는 안 그러나. 보리가 딴 병은 없는데 황[47] 카는 게 있어. 그기 들마 고마 보리가 말라 뿌거든. 그래가 그때 전부 흉년이 됐어. 그때 보릿고개가 심했는 모양이라.[48] 세사(세상에) 얼마나 못 묵었으마 메뚜기 뒷다리에 치여가 죽었다 카겠노? [할머니가 말을 이었다.] (할머니 : 그때는 캐봐야 농사뿐이야! 밥만 안 괴롭게 먹는다 캐도 그기 어디고. 먹고 입는 거 다 입 요게 무서운 거라. 요새는 몰라도 그때는 밥 이래 한 덩거리(덩어리) 해가 한 그릇 놓고 먹는 게 큰 거라.) 집에서 제사 이래 지내고 있으면 이웃에서 밥 한 큰 그릇 가오는 기라. 누워 있으마 그기 먹고 접어가 이리 꼬물락 저리 꼬물락 하는데, 아이 어른들이 일나가 무라(먹어라) 캐야지 묵을 거 아니가. 그카고 있는데 일나라 카면 대번에 일나는 기라. 그래 그거 무면(먹으면) 그놈의 밥이 얼마나 맛있노. 말도 하지 마라. 말도 하지 마라. 그기 그렇게 맛있다. [할머니가 말을 이었다.] (할머니 : 큰집처럼 이런 집들은 식구가 여러 키니까(여러 명이니까) 그렇지. 큰집은 부자라도 여러 키니까 맛있게 밥 묵고 맛이 없다는 둥 그런 거 못 느껴. 나는 내 혼자 크고 (동생들이) 자꾸 죽어 뿌고 죽어 뿌고 해가…. 그러니 맏동생이 열 살배께 안 되고. 또 내가 밥도 마이 안 묵었고. 근데 저 양반은 누룽지도 맛있고 다 맛있었다 캐. 여러 남매에다 막내이니까 조카들도 많다 말이라. 그러이 늦게 묵으마 밥이고 뭐고 없으이. 와 형제가 많은 집 애들이 뭐 잘 묵잖아. 우리는 부자는 아니라도 밥은 마이 농가(나눠) 묵고 그랬어. 낸주 말 들어 보이 친구들은 배가 고파가 누구는 무신(무슨) 죽 무신 죽 낄이(끓여) 묵었다 카는데 우리 집은 그런 기 없었어. 살림이 있어 그런 기 아이고 그때 동생들이 자꾸 죽어 뿌고 내밖에 없어가 귀하게 커서.)

고기는 그럼 더 귀했겠네요.

귀하고 말고. 옛날에는 장가들면 저쪽에 며늘 쪽(며느리 쪽) 사돈이 있거든. 봄 되면 청하는 거라. 놀러 오라 그러면 봄 돼가 오면 닭 한 마리 잡고, 그래도 못 먹고사는 사람은 개잡거든. 큰 솥에 안 그렇나, 닭 한 마리 끄집어 넣어도 그캐 봐도 물 한 서너 말 들기라. 그래 넣어가 낄이도(끓여도) 그게 와 그리(왜 그렇게) 맛있노. 우리 학교에도 무시 그런 거 요거밖에 안 넣는 기라. 고기 없는 기라. 그런 말 안 있나. 고기가 목욕만 하고 지나갔다고. 그래도 그거 가지고도 온 동네 집에서 모여가 방석 피놓고(펴놓고) 하루 잘 안 노나. 그때는 참 늘 먹는 기 문제라. 누(누구) 집에 가 보면 영감 한 육십 넘어가면 돼지 믹이는 기라. 그때 동네 어느 집이나 집에 영감이 육십 넘어가면 대부분 그랬어. 그라마 참 배고픈 젊은 사람들은 솔직이 돼지고기 묵고 싶어가 "영감들이 돼지 저마이(저만큼) 컸는데 와 빨리 안 죽노?" 카고 그랬어. 거짓말 아니라 실지 그랬어. 먹는 거 생각뿐이라. 딱 먹는 거뿐이라.

해물은 그럼?

참 그때는 그기 헐했어(쌌어). 오징어 한 축 하면 수무(스물) 마리거든. 형수 모르게 살을 한 씩게[49] 내 가지고 봉삼이네 한 씩게 하고 두 씩게 합치이 한 반 되 넘거든. 그거 갖다 주이 오징어 한축을 주더라고. 이 놈의 한 축에 수무 마리 가지고 전을 꾸어 노이께네 이만큼 한데 한 사람에 니 마리씩 묵고 나이 질리가(질려서) 다시는 못 물래라(먹겠더라). 촌 장(場)에 가면 해물이라 캐봐야 꼬등어나 칼치, 꽁치 그런 기 대부분이지. 요새쯤 되마 꽁치가 흔해 빠진 기라. 시장에 가가 마을에 미느리(며느리) 모다가 쌀 내 가지고 화적놀이,[50] 요즘 같으마 여행 한 가지지. 그래 그거 한다고 산에 가서 노고(놀고) 그라고, 팥 넣고 해가 국 낄이 가지고(끓여 가지고) 그것마저도 시부모 있으면 자기는 안 먹고 시부모 갖다 주는 기라. 미느리한테는 안 돌아가는 기라. [할머니가 말을 이었다.] (할머니 : 내사 시어마시 있어도 카기나 말기나 눈치 안 보고 먹었다. 그러이 어머님이 "하이고 누구는 지 안 먹고 가오던데…" 카데. 원래 크는 자체가 조금 틀리는 동네라. 우리 동네는 낫게 먹는 편이라 여하고 틀렸어. 말하자면 시집은 꼴짝인 택이고 우리 친정은 다 꼴짝이라도 거서는 조금 너린(넓은) 편이고. 들도 너리고 우리는 물도 좋고.)

먹을거리가 참 마땅치 않았군요.

참 허다 이야기하면 거짓말 카지만 있기나 없기나 같애. 묵을 수 있는 거는 다 먹었다. 일정 때 대두박(大豆粕)[51] 카는 거, 모를 끼다. 큰 것도 있고 작은 것도 있는데 [밥상 위에 있는 접시를 가리키며] 이만큼 하거든. 나무 틀에 콩을 넣어가 돌로 눌러가 기름을 짜 뿌고(짜 버리고) 일본으로 보내고 하는데, 만주(滿洲)서 오는데 대두박을 배급을 돌린 거라. 썩은 건은 못 먹고 깨끗하게 잘 뜨인 노란 건 밥 앉히고. 그거는 요새 같으면 소도 안 먹고 개도 안 먹지.

옛날에는 겨울에 참 추웠다는데 옷은 어떤 걸 입으셨습니까?

우리가 학교 다닐 때 그랬는데, 참 옛날에는 빨래할라 그러면 정말 애 먹었다. 겨울방학 때 되마 빨래해야 된다꼬 못 같은데 어름구녕(얼음구멍) 가서 어름 깨 가지고 재어 오라 카거든. 그기 애들이 들고 오기 좋으이. 옛날에는 겨울이 와 그리 춥노. 그라고 어름은 또 얼매나 뚜꺼분지 아나? 요새같이 고무장갑이 어딨노. 그 참은(차가운) 어름을 맨손으로 깨가 보면 두께가 삼십팔 센치라. 그러이 겨울 되마 학교 다닐 때도 손가락 끄티(끝부분) 하고 손등이 갈라진 기 신작로가 떡떡 갈라진 것 맨트로(처럼) 그랬다 카이. 요새 그때 맨트로 하면 다 달아났다. 요새같이 살라 그러면 다 도망갔다. 베도 명베(무명실을 써서 재래식 베틀로 짠 평직물인 무명베·면포)가 없어가 겨울에 안 그러나? 삼베가 물들여가 하는 사람 있어. 호천띠라고. 거 내가 확실이 안다. 거가 사는 기 어려우이 명베가 없어. 치마를 할라 카이 명베가 없어 가지고 그 집에서는 고마 삼베에 물들이가 치마 해 입었다. [할머니가 말을 이었다.] (할머니 : [치마 접는 시늉을 하며] 요래 요래 치마도 마카(모두) 접어가. 버선도 [발 등을 가리키며] 요것만 있으면 다 기워서 신었다. 버선 밑바닥이 없어도, 요 목하고 요것만 있으면 다 기워서 신었어. 베가 덜 들거든. 요고 하는 기 보손(버선) 매기라 했지. 또 그때는 내복을 집에서 짠 걸로 투툭한 거 입었다. 내복 없다. 팬티도 없었다. 촌놈 핫바지 캐가 집에서 무명 해 가지고 속에 넣고 해 놓으면 그놈 해 놓으면 머주리하다(묵직하다). 뜨시긴 뜨시다(따뜻하다). 나이 많은 이도 장가갈 때 돼도 팬티 입은 이가 몇 사람 없었다. 뭐 팬티 카는 거 면(綿)도 문디 뽈딱뽈딱 하이(아주 거칠다는 표현인 듯) 해가. 거 문디 뽈따구 같은 거로 해 입어 놓으마, 아이구 그 말할 거 어 됐노.)

해방되고 구호물자는 안 나왔습니까?

참 그러고 보이 그 당시에 천주교 같은 데서 먹는 거, 구호물자 많이 나 왔거든. 천주교에서 제일 많이 나왔다. 그래 천주교. 근데 그기 어디서 우예가 나왔는지 모르겠어. 옷가지 많이 나왔거든. 거 교회 댕기는 사람 들이 양복 같은 거 입어 놓으면 그게 그리 부럽더라고. 옷이 귀했거덩 그 옷이. 교회 다니던 사람과 성당 다니던 사람들은 많이 입고 다녔지. 가다 마이 같은 것도 그때 당시에 여 의성읍에 거 원국교라는 사람이 자기 어 른이 장론데, 어 예수교장로회[52] 장론데 그 집 아들이 많이 갖고 나왔다 카이. 교회에서 구호물자 많이 나왔어, 교회에서. 씨레이션(C-ration, 미 군 비상 전투식량 세트)이라는 것도 있었는데 전투물자지. 당시에 거 뭐 커피도 들고 다 들었는데, 전국에 다 돌렸는데 우리 군(郡) 국회의원이 고마 다 걸어 먹어 버리고 입 닦아 버리고 했어. 그러이 우리 군내엔 거진 (거의) 못 받았지. 그때 박만원(朴晩元, 1911~82)[53]이라. 그때 당시에 국 방재정국가위원장을 십이 년 했거든. 그래가 거서 걸어 먹어가 배급이 안 내려왔지.

그럼 미국에서 들어온 원조물자는요?

들어왔지. 설탕도 나오고. 밥 우에 쪄 먹는 분유(粉乳) 나오고 했지. 밀 가루는 안 나왔는데, 말 들어 보이끼네 초등학교 선생이 학교에 있으면 서 의성 김씨 뭐 해가 돼지도 믹이고 했다고 많이 듣기더라니까. 소문에는 나온다 안 나온다 캤는데, 아나?(알 수 있나?) 주면 나오는지 알고 안 나오면 모린다(모른다). 호랑이 담배 풀(필) 때 아이라? 엉망진창이라.

영감들 〈섬마을 선생님〉 노래 나오면 환장했어

군대 가기 전 집에 라디오 있었습니까?

라지오 캐봤자 일개 동네에 동장 집 가면 한 대, 트랜지스터 라지오 한 대가 있었다. 동네에 두어 대 그래밖에 없었다. 라지오 들을라꼬 그래 저녁 먹고 이장 집에 안 가나? 촌에 보면 마을 이장 집에 라지오가 요강만한데 그놈의 라지오 늘 듣는 기라. 신기했제. 이미자(李美子, 1941~)[54)인가 노래 부르는 거 듣고 영감들 칸다. "이야! 논 두 마지기 팔아서 이미자 노래 한 번 듣고 잡다(듣고 싶다)" 그랬다니까. 옛날 노인들 [가수 이미자가] 〈섬마을 선생〉[55) 그거 한참 부를 때 실지 그랬어. 정말 인기 끌었지 이미자. 목소리 곱고, 대단한 거야. 〈동백 아가씨〉[56) 그런 거 하고 또 문주란[57)이 노래 그때 인기 끌었다. 문주란이가 이미자보다 한두 살 아랠 끼다. 젊은 총각들도 모이가 노래 많이 불렀다. 〈섬마을 선생〉 이미자 노래, 문주란이 노래 그거. 군대 가기 전에 이미자, 몰라 안 나왔는가? 아 군대 가기 전에는 농사지면서 고복수(高福壽, 1911~72)[58)하고 황금심(黃琴心, 1922~2001)[59)이 하고…. 옛날에 남인수(南仁樹, 1918~62)[60) 같은 노래 듣다가 이미자 나오니 갑자기 우와 그랬지. 늙은 영감들은 섬마을 선생님 노래 제일 좋아했다. 우리도 좋아했고, 촌 영감들도 [이미자가] 하도 잘하니까 안 그랬겠나.

라디오를 직접 사신 건 언제로 기억되십니까?

라지오 안 사고 테레비 샀어. 금성(金星)[61] 아니고 동남 샤프 텔레비.[62] 그거 중고 안 샀나? 하양(河陽) 가다가 남하동 카는 데 있어. 거기 과수원 하던 사람이 테레비를 샀는데 이기 잘 안 나오니까 고마 내한테 판 기라. 보니 거의 새거 한 가지라. 그게 칠십팔년도였을 기라. 그때로서는 그것도 마을에 드문드문 있었어. 그러이 나는 라지오 안 사고 막바로 테레비 산 거지. [안방의 텔레비전을 가리키며] 요게 세 개째 텔레비전이라.

그때 그럼 영화는?

영화는 우리 총각 때 시골 장터 아니면 학교 분교에서 저녁으로 「안창남 비행사」(1949년 노필 감독이 윤봉춘·박순봉을 주연으로 발표한 영화) 그런 거 봤어. 그거 볼라꼬 저녁 먹고 집에서 가마이 안 나오나. 처녀들도 보면 부모 모르게 가마이 빠져나오거든. 그때 나일론 치마 입은 거라. 그라마 라이타 안 있나 지포(zippo) 라이타(1932년 미국에서 선보이기 시작한 가장 대표적인 라이터), 그놈 가지고 담뱃불 붙이가 치마에 휘익 돌리면 치마 그기 나일론이다 보니 고마 축 늘어져 버리는 기라. 그라고 또 앞에 아가씨들 있으면 뒤에 여덟 놈들이 한 놈을 아가씨한테 확 밀어 뿌리는 거라. 그라마 계단에 다 엎어지고…. 그러고 보이 참 옛날에 못된 장난 많이 했어.

영화 볼 때 돈 내고 들어갔습니까?

그래. 가설극장이라 캐도 안 내면 안 돼. 요새 돈으로 몰라 한 이천원 되겠나? 그래 그때가 환(圜)이 원[63]으로 백대 일로 교환되었든가? 이승만이가 있을 때 백대 일로 교환했거든. 그래가 또 십대 일로 한 번 했을 기라. 아무캐나(어쨌거나) 영화는 자주 보러 못 간다. 왜냐카면 동네에 가설극장 왔다 그러면 동네 영감들 가시나들 바람난다 그러면서 가는 길목에 딱 붙어서가 꿈쩍도 못하도록 하는 거라. 그 당시에 써커스나 국극(國劇)[64] 뭐 그런 건 없었어. 그때 당시에 가설극장뿐이라. 영사기 조그만 거 가지고 날이 조금만 어둡어지면 성우(聲優) 카는 변사(辯士)[65]가 나와가 말로써 하는 기라. 안창모 변사라. 그 당시 변사들 잘했어. 극장에서 영화 본 거는, 대구에 신성극장[66]이라고 있었어. 내 친구가 영사기 산데 원형수라고. 거기 찾아가니까 그때 영사기 기사도 알아주더라고. "예. 영사기사 찾아 왔심더" 그러니까 쫓아 내려와서 인사하고 영사실에 앉혀서 빵 사 주고 하더라고. 그때 영사기사라면 알아줬어. 옷 멋지게 해 가지고 입고, 머리에 기름 쫙 발라가. 지금은 아무것도 아니지. 그때 신성극장 뭐 했나 그러면 「울어라 열풍」[67] 그거 했어. 노래 그거 '못 견디게 괴로워도 울지 못하고 가는 님을 웃음으로 보내라' 이거. 또 역도산(力道山, 1924~63),[68] 역도산이 영화도 했어. 근데 요새는 영화 보러 가라고 해도 안 간다. 세월 얼마나 좋으노?

고향에서부터 안방으로 사용하던 곳. 지금도 여전히 안방으로 사용하고 있다. 세번째로 산 텔레비전과 오래된 장롱이 자리 잡고 있다.

3. 맞는 데 이골이 난 군대시절

1958년 여름 논산훈련소 훈련병 시절 사진사에게 돈을
주고 막사 앞에서 찍은 유일한 군대 사진. 뒤에 서 있는
훈련병은 이희완이라는 친구로 같은 군 우보면 사람.
6촌 형의 양조장을 관리하는 일을 하다가 군에
입대하였다고 한다. 황태순은 훈련병 시절 23연대
9중대 3소대 소속이었다는 것까지도 기억하고 있었다.

미제약 암만 쳐도 이 그거 안 죽어

그럼 군에 입대하신 때는 언제였습니까?

내가 늦게 갔지. 호적이 늦으니까 스물서인가 너인가에 군대 갔지. 늦은 나이지만 아이고 그런 거 가지고 자존심 같은 거 없다. 군대 가기 전까지는 집에서 농사만 지었지. 스물서넛이면 년도가 우에 되노? 칠십오년도에 갔는가. 아이라, 내가 와 이카노(왜 이러지). 한 오십팔구년쯤이지 싶다. 아 맞아 맞아 그래. 오월 팔일날 입대했거든. 영장(令狀)은 일주일 전에 받았고, 일주일 만에 바로 갔지. 그때 그랬다. 빠른 사람은 삼 일이면 갔고. 그래가 논산훈련소 갔다. 의성고등학교 거 운동장에 모여 가지고 차 타고 바로 갔지 뭐. 열차 타고. 여 이제 의성꺼정 갈 때는 효령정류장까지 걸어 가가 트럭 타고 가고. 열차 탈 때부터 벌써 군기 잡지. 근데 거 보니까 딱 엿 꽈가 떡 해 오는 사람은 해 오거든. 해 오면 논산훈련소서 싹 거다 가(거둬 가). '자 지금부터 사회생활을 백지로 돌리고!' 하면서, 쥐잡기 한다 하면서 다음 날 거 거두이까 삼십 명 분을 거두니까 그 때 가마이(가마니)에 거둔 기라. 근 두 가마이 되더라. 전부 다 거둬가 싹 가져가더라니까. 그러이 엿이고 떡이고 싹 다 거둬 가니 먹도 모하고. 음식은 뭐 편하게 먹을 수 있었겠나. 에이 못 먹어. 그때는 그래 주마 주는 대로 한 번 딱 나눠 주마 거서 끝나는 기라.

형님들은 군대 가셨습니까?

보국대(報國隊)[69] 갔지. 정식 군인은 아니고 밥도 나르고 포탄 같은 거 나르고 했지. 디기(하도) 안 재아 주이(재워 주니) 방고[70]에 받히가(받혀서) 마빡이 깨졌다고 하더라고. 하도 잠이 와 가지고 걸어가다가도 나무에 뭐가 대있다(닿았다) 그러면 잠잤다고 하더라고. 포탄도 짊어지고 군인들 뒤에 따라다니고. 보국대 갔다 와서 우리 마을에 영장 나와서 군대 간 사람도 있다. 그때 참 억울한 사람 많았지. 포로 교환할 때 청주 한씨 죽었다고 제사를 지냈는데 포로 교환할 때 방송에 나와 가지고 살아가 돌아왔데이. 거다가 제사 지내고 했으이. [할머니가 말을 이었다.] (할머니 : 그때는 군에서 죽었다고 해가 집안까지 연락이 오고 해가 실컷 제사 지내다가 다시 살아 오고, 미늘 홀치고(며느리 쫓아내고) 영감이 후손 볼라고 사흘 만에 새 할마이 들차가(들여서) 참. 근데 아들 와 가지고 미늘 찾으러 가고 그랬는 사람도 있다.)

군대 이야기 좀 해주세요.

막사는 요만하거든. 몽디(몽둥이) 들고 설치니까 거 뭐 사십 명 되는 거 어디론지 다 기 드가 뿌드라(기어 들어가 버리더라). 배가 터지든 말든 어댔노. 뭐 몽디고 막디고(막대기고) 들고 설치는데 안 기 드가고 우야노 그래. 그때는 맞는 것까지 이건 보통이야. 그래 훈련소에서 인제 입고 왔는 옷 다 싸 가지고 집에 보내잖아. 거서 피복을 갈아입는데 이제 보마 동작 느리가 팬티를 다시 입기 전에 뺏기는 거야. 그때 당시에 보면 돈을 와 팬티 안에 여가(넣어서) 안 가오나. 그거 뭐 못 찾는 거지. 그때는 인제 피복 하나 옳은 거 없었다. 전부 중고품. 그런데 이십삼연대 구중대 가니까, 참 오이 참말로 만날 촌에 있다 보이 몰랐는데 별에 별놈이 다 모 있어. 근데 식사는 내가 젤 빨리 했어. 일개 소대 중에서. 지금은 그렇지만 떠 넣으마 씹을 일 없어. 군번 까(군번 표 가지고) 먹었어, 군번. 스푼이 없어가 군번 까 먹었어. 근데 또 그때 오월 됐는데 이[71]는 왜 그래 많노. 이놈의 이가 우에 된 기 미제약[72] 암만 쳐도 안 되데. 나는 또 담배를 안 피다 보니 그거 모다 가지고 잘 써 먹었어. 담배 모다가 저 취사반에 한 갑 쏙 갖다주면 고기 항금씩(한 주먹씩) 넣어 준다 카이. 취사반에 거 도 가면 몽디 들고 서 있는 기라.

관물 서로 훔쳐 가고 그랬다면서요.

관물(官物, 정부나 군대, 관청 소유의 물건인 관유물) 그거 말도 하지 마라. 거 취사반에 가 이래 하면은 주전자하고 있거든. 그 한 놈 이자쁘마(잊어버리면) 함부래(아예) 그중 힘센 놈 몇 놈 같이 가야 돼. 같이 안 가면 이자쁜 데서도 그걸 뺏어 가는 기라. 지 관물함 채울라고. 안 그럼 변상해야 하거든. 거 또 화장실 가 있다 보마 모자 언제 가 갔는지(가지 고 갔는지) 모란다. 실지 그랬고. 근데 총 잃아쁘면(잃어버리면) 골치 아 파. 그거 말도 모하게 골치 아파. 근데 딴 중대에서 그때 내무반에 선임 하사[73]가 있었거든. 다 나가 쁜 뒤에 선임하사 이놈이 돈 좀 있어 비는(보 이는) 아 총 부속을 하나 쏙 몰래 빼는 기라. 그래 되면 내일쯤 나가마 총 을 반납해야 되는데 갔다 와 보이 부속이 없는 거야. 그럼 사 넣어야 되거

황태순이 1958년 군에 입대할 때, 휴가를 나와서 대구에서 고향으로 들어올 때 늘 이용했던 효령정류소. 옛날에는 행동에서 이곳까지 걸어서 다녔다고 한다.

든. 그래가 할 수 없으이 선임하사한테 구해 달라 카면서 돈 주마 이제 지가 어디가 구해 오는 기라. 돈 안 내고 우야노, 내야지. 그러이 그때 당시에는 돈만 쓰면은 좋은 특과 가는 기라. 훈련도 힘들었어. 보통 한 팔 키로 되면 매일 갈 때 구보, 올 때 구보. 구보 아닌 건 없어. 그래 가지고 훈련은 훈련소서 우리는 팔 주 받고…. 수송이거든. 그거 인제 전반기 팔 주 받고 대전 삼관구로 가고 보병부대는 후반기에 육 주 안 받았나. 팔 주 받고 바로 그 수송부 가 가지고 또 십이 주 받거든. 그래 넉 달 교육 받고 하는데, 교육중에도 수시로 대전에서 고향으로 외박 보내 주는 기라. 그래가 부대서 한시쯤 돼가 나와가 통일호 기차 타고 대구로 오는 거야. 우리 때는 군대 피교육자는 기차 요금 안 받았어. 대구 내리면 다섯시 되거든. 근데 그때는 군위 가는 버스가 거의 없고, 어짜다(어쩌다가) 있었어. 운 좋으마 군위 가는 버스 만나가 타고 가고, 어떤 적에는 마 돈 없으마 내가 군대서 교육 받는 중이라 카고 고향은 가야 된다고 하면 무료로 태워 주고 했어, 그때.

군위 가는 차를 어디서 탔습니까?

본역 앞에서. 옛날 거 있었다 카이. 본역 앞에 (군위 가는 거) 있었다 카이. 자주는 없어도 거 있었는데, 우리가 대전 들어가 훈련을 받을 때라. 그때 수송관(輸送官)이 이제 밥띠끼(밥풀) 하나 달고 있었는데 거 보자, 밥띠끼 하나면 준위(准尉, 위관 계급 중 가장 낮은 계급. 소위보다는 낮고 원사보다는 높다) 아니가 안 그래? 기술 준위인데 보마 토요일 되면 일로(이리로) 와 보라 캐가 담배 한 가치를 주거든. 그것도 어디서 우예 구했는동 양담배를 한 가치 주는 기라. 그거 왜 주노 카마, 외박 갔다 올 때 양담배 한 보루 가오라(가져오라) 이거라. 거 사 줘야 돼. 안 사 주마 고마 거 교육장 가가 그날 군기가 **빠졌다** 카면서 **뺑뺑이** 꼭 돌리는 기라. 그 또 기름 팔아먹을라꼬 대전 재생창(再生廠)74) 거 가가 차에 기름을 그득이 채아(채워) 나와가 기름 받을 사람이 미리 길목에 기다리고 있다가 이제 온다 카면서 깃대만 흔들마 차 세아(세워) 놓고 경비 세아가 망 보라 카고 기름 **빼** 주는 기라. 그래가 돌아오마 남은 기름으로 인제 코스 및 번 돌리고 종일 노는 기지. 그래 해가 기름 많이 팔아먹었지. 그러고 보이 집에는 늘 왔었네. 거 십이 주 있으면서 매주 토요일마다 외박을 한 셈이라. 왜 그러나 카마 집에 안 가고 거 있으면은 부식하고 다 줘야 되지만 외박 보내면 부식비 고대로 그냥 남는 거라. 그거 때문에 집에 보내가 이것저것 가져오라 그러고. 그래 그런 기라.

당시 수송부에서 운전교육은 어떻게?

그런데 보이께네 교육이라 칼(말할) 것도 없고 거의 기합이야. 기합 아니고는 없어. 그렇다 보니 맞는 거는 겁 안 내지. 워낙 많이 맞아 봐서 까짓 거 맞는 거 겁 안 냈다 카이. 수송부는 그때 시험을 쳐가 드갔어(들어갔어). 점수 있거든. 수송부는 몇 점, 병참부는 몇 점, 행정병은 몇 점. 다 점수로 보냈다 카이. 그때는 운전 배우기 힘들어가 서로 할라 캤는데 그래도 그거 해보이 별거 아니라서 열심이 안 했어. 그때 부대 가 가지고 우리 면허증 딸라고 춘천에 오백 명 가가 쳐도 한 팔 명밖에 면허증 안 나왔다 카이. 그만치 어렵다 카이 면허증 따기가. 면허증은 삼관구는 삼관구대로 대전에서 따가 내고, 이관구는 이관구대로 있고, 오관구는 오관구대로 있고, 육관구는 육관구대로 있고, 관구마다 인제 운전 교육이 다 있어. 나는 대전 삼관구에서 바로 안 땄나.

아버님 별세했다 캐도 휴가 안 보내 주데

수송부 훈련 다 마치고 배치된 데가 어디십니까?

배치된 데? 에이치아이디(HID) 첩보부대.75) 강원도 만천리 디(D)공작
대. 방첩대보다 거 좀더 센 첩보대 카는 거. 보안대하고도 틀리지. 직
접 교육 받아 가지고 방첩대에 이어지고 그게 마 제일 세게 놀았다. 근데
거는 태권도 교육을 안 받으마 밥을 안 줘. 하루 한 시간이면 한 시간, 두
시간이면 두 시간 받아야만 식당 가면 밥을 주지, 안 그라면 밥을 안 준다
카이께네. 근데 거 이야기 인제는 괜찮은데, 한참 교육 받는 본부가 영등
포 있었고 강원도 속초 있었고 강릉 있었고 여러 군데 있었어. 그것도 참
거는 가서 본께(가서 보니까) 머리 길러 가지고 권총이 없이 칼빈총 깔아
뿌고 [개머리판 없이] 이걸 옆에 턱 차고 댕기는 거야. 춘천에 가가 보이
근데 거기는 양담배, 사병은 없고 중사 이상은 두 보루 나왔다 카이. 한
번은 가이께네 전부 인민군 군복해가 입고 서 있어가 얼마나 놀랐던지.
사용하는 거도 전부 다 이북 인민군들이 쓰는 거 갖다 놨더라고. 알고 보
니까 간첩교육 하는 데라. 거 교관 집이 하나 별도로 있는데 거서 간첩교
육을 갈치다가(가르치다가), 어지간히 교육이 됐다 싶으마 불러가 "니
넘어갈래?" 물어보고 넘어간다 하면 보내 주고, 교육 쪼매 더 받을라 카
면 있다 보내. 가겠다 캐가 넘어갈 때는 찝차(지프차)에다가 태워서 보내
는데 남바(번호)는 가리고 그래 하더라고. 우리도 거 있어도 교관하고 말
한 마디 모해 봤어. 거서 교육 받는 그 사람들 하고 상(늘) 대하지, 우리하
고는 대화 안 했어. 근데 해병대 같은 경우에는 [우리한테] 꼼짝 모했다.
우리 강원도 춘천 일대 가마 그거는 어데 해병대나 장교한테 맞고 들어

오마 위병소에서 절단 나는 기라. 쥑이 뿌는(죽여 버리는) 기라. 고마 그
러이 언제나 이기고 들어와야 돼 지면 안 돼. 거 보면 춘천에 극장 기도[76]
들이 한 가닥 한 놈들 아니가. 보고 "야!' 하면 깍듯이 "예. 드가이소
(들어가십시오)" 카거든. 그만침 첩보부대라 카면 갈는(건드리는) 사
람 없었어. 고마 전방에 있는 장교들도 두드리제(두들기지), 해병대들도
막 두드리는 기라. 헌병이고 뭐고 막 조져야 돼. 안 그러면 위병소 들어
와가 반 죽는 기라.

거기서 사람들 수송하는 일을 주로 하셨군요.

근데 카마 휘발유 그때 오 갈론(갤런, gallon)이 한 말 아이가. 고 가져
가면은 막걸리 두 되밖에 안 준다 카이. 막걸리 두 되보다 기름값이 헐했
다 카이. 막 팔아먹는 기라 기름 같은 거. 그때는 엉망진창이라 그때. 와
저저 차 저 샤워다[77] 안 있나? 거 내다 파는 기라. 거 밋션[78]도 디젤 나오
고 할 때 밋션 거 새거 빼가 팔고, 또 타이어 튜브 안 있나? 토요다 그것도
새 튜브 빼가 수송관이 팔아먹고 헌 튜브 갖다가 교체하고 첨부터 다 그
랬다. 그때 다 도둑놈이라. 그때 말할 것도 없어. 그때 모던(몰던) 트럭이
이점 오 톤 재무시[79]도 있고, 닷지 쓰리코드[80] 그런 거. 그런 거는 전부 다
우리나라에서 못 만들었으니까 다 옛날에 쓰던 거. 그런데 그 재무시
(GMC)는 이차대전 때 사용하던 거, 양놈 쓰던 거 우리나라가 가 나왔거
든. 하다가 우리 군대생활 할 때 헌 거니까 외국으로 보내고 일본 토요다
디젤차[81] 나왔는 기라. 그래 됐다 카이. 닷지가 쓰리코든데 나는 그것도
몰고 재무시도 몰고 그랬지.

휴가는 자주 나오셨습니까?

휴가도 두 번밖에 못 온 걸. 거 와 안 카더나. 아버님 별세해가 집에서 빨리 오라고 간보 쳐도 안 보내 주더라꼬. 와 보이까 그렇더라. 그런데 막상 인제 말단 부대에서는 육군본부에 아무리 해도 안 되는데, 육군본부에서 전화 온 건 총알 같더라고. 내가 깜짝 놀랬어. 집안에 빽 있는 사람은 편해. 부산 있는 놈인데 탈영해 가지고 그때 당시에 우리는 스물너인데 거기는 서른 살 먹어가 들어왔더라고. 탈영해가 사고뭉치라 여 없는데 아무개 일병 말이야, 육군본부에서 전화 와 찾는다고 야단인 기라. 본대서도 휴가는 마찬가지로 어려웠어. 그때 감찰 검열(군대에서 감찰 장교가 맡아서 하는 검열)이 나와 가지고 휴가 한 번 쉬자 카는 거야. 그러고 있으이 십이 개월 돼도 군에서 안 보내 주는 기라. 그 카이께네(그러니까) 안 되지. 십삼 개월 만에 정식휴가 갔다. 대전 있을 때 운전교육 받을 때는 일주일에 한 번씩 휴가 보내데. 근데 그기 가만히 이래 보니까 군대 생활해 보니까 돈 주고 살살 한 놈은 빨리 가고 그리고 계급도 그기 뭐 진급이 빨리 안 올라. 그런데 여군인들은 우리 남자보다 승진이 배 빨랐어. 그러이 여군들은 계급이 높아.

그때도 여군이 있었습니까?

그때 여군 중령이 있었어, 여군 중령. 자기 동생이 운영 교육을 받은 충남 안데(아이인데), 보이께네 이 여군이 육군본부에 있다 카미(있다고 하면서) 자기 동생을 볼라꼬 왔다 카이께네. 그때 어디 여군 중령 보기가 쉽나? 그때가 대전에 여군이 있는데 보마 식당이 여러 군데거든. 근데 여군들 밥묵는 식당 이래 보마 여군인들 화장하는데 보이 추접고(더럽고) 말도 모해. 이등병이 슥 치다보미(쳐다보면서) 그냥 지나가마 "야! 경례 안 붙이나?" 카고 여군들이 과암(고함)을 지르고 했지. 정복을 입고 나

오마 깨끗해 보이지만 화장하고 그라마 식당이 얼마나 추접고, 말도 못
하지. 야야 경례하는 거 보이 그때 당시에 여군 중령 참 대단하더라.

자대 가실 때 계급이 어떻게 되셨습니까?

이등병 아니가 이등병. 일등병은 십 개월 달았어. 이등병에서 일등병
가는데 억수로 오래 걸렸어. 본부 카는 데 있는데 거서 신참이 오면 계급
을 올려 주고 싶으마 올려 주고 안 올리고 싶으마 안 올리고…. 그때만 캐
도 뭐 엉망진창 아니가. 근데 [첩보부대] 거기에 내가 한 육 개월 했다가
인원 줄인다고 해서 이십육사단으로 넘어갔거든. 머리를 길러가 가니까
거 장교가 "저 새끼 뭐 저런 게 왔노" 그러데. 이십육사단 가니까 군대
생활은 전방보다가 못하더라. 오히려 교육사단 걸리면 고생 많이 해. 그
때 당시만 해도 미 고문관이 훈련 나왔거든. 우리가 포병인데 미 고문관
나올 때 되면 백오 미리 고사포(105mm 곡사포를 말하는 듯)를 뒤에 끌
고 가가 노다지(늘) 포병을 새빠지게 돌리는 거라. 포병부대가 포 네 문
이 있거든. 이래 포대 네 문 있으면 알파, 브라보, 찰리, 백오 미리 고사포
가 있는 기라. 나는 포차(砲車) 안 모나. 포는 뒤에 달아 가지고 훈련 나가
거든. 그때 포병들 고생 직싸게(죽도록) 했다. 그래도 나는 운전하니까
포병보다 조금 낫긴 낫지. 운전병이 원래 농띠라(농땡이라). 뭐 어디 저
녁으로도 어떻게 하던지 기어 나가서 영내 가가 술 먹고 노다지 뚜드리
(두들겨) 맞고 기합 받고 안 그러나? 우리 사단을 그때 돌 사단이라 캤는
데 돌 사단이 왜 돌 사단인 줄 아나? 막사를 짓는데 경칫돌[82]을 깨어다 전
부 다 막 짓는 기라. 돌이 껄끄럽다 보니 등어리 까져가 이게 작업복 중간
에 쭉쭉 나가거든. 그럼 떨어지면 집어(기워) 입지. 고생 말 못했어. 이십
육사단 가서 막사를 지으면서 저 장농(장롱) 세 배 되는 바우도 그걸 파

가지고 전기선 놓아서 치면 그 큰 바우가 그대로 짝짝 나가거든. 함마 가지고 때리면 복판이 좍 갈라지는 기 참 신기하더라고. 우리 그런 작업 많이 했어. 나는 그때도 담배도 안 태웠어(태웠어). 어쩌다 담배 생기마 남 줘 뿌고. 그때는 휴가 나오면 이렇다. 간빵도 모다가 나오고 비누 그것도 참 귀했다. 비누 그거 가지고 형수 가져다주니까 비누 참 때 잘 간다 카더라. 간빵은 애들 가져다주고. 그라마 애가 좋다 그러고. 그때 보면 나뿐 아니라 거의 다 간빵 그걸 안 먹고 모다가 가져가고 그랬어. 식구들 먹일라고.

옛날에 세수할 때 비누 없었으면 어떻게 하셨습니까?

옛날엔 비누 어딨노. 그냥 하지, 비누 없었다. 빨래는 아카시아 나무 같은 거 안 있나? 공동묘지 가면 있거든. 그거 비 가지고 참 잿물 붜 가지고(부어 가지고) 하고. 있기는 있었지만 그거 비쌌다고. 그런데 촌에는 우리 맏형이 군에 가 가지고 보국대 갔다가 오면서 비누를 한 서른 개를 가져왔더라고. 쓸 것도 없더라. 그래가 비누 안 썼어. 참 비누는 군대 비누 말이야, 형수가 때 잘 간다고 말이라 탄복하더라. 그런데 지금은 사람들이 모르는데 그때는 군대 피복이 형편없을 때 아니가. 그러이 빨래 할라 카면 비누라도 좋아야 했을 기라.

그럼 제대할 때까지 포병부대서 근무하셨습니까?

그래 거기서 했지. 거기 전방에 갈라 그래도 안 되더라고. 전방에는 부식이 좋았어. 특별부식 나오고 해가 좋았다니까. 전방에 갈라고 아무리 신청해도 안 되더라니까. 안 그러면 이군사령부 같은 데는 교육사단 걸리면 맨날 배낭 짊어지야 되고 비상 걸리고 고생 많이 한다니까. (전방은) 다섯 시간 보초만 섰 부면(서 버리면) 자유고 부식도 좋았다니까. 우리 부대는 경기도 포천에 있었다. 근데 거 있을 때 이런 일도 있었다. 내가 몸은 이래 말라 비도 힘은 셌거든. 한 번은 거 동네 나가가 농사일을 좀 도와줬는데 포천 그 동네서 제일 부자라 카는 사람이 자기 딸내미하고 결혼하마 땅 몇천 평을 줄끼니까 고마 여서 사는 기 어떻노 카더라고. 근데 그때는 군대하고 뭐 가까이 있는 뭐라도 웅기가 나 가지고 싫다 캤지. 그런 일도 있었어. 지금 와가 가마이 생각해 보면, 지금이야 군인들 캐도 마카 대학생이라 카더라만 우리 때만 해도 군대 생활해 보면 그때 우리 일개 소대에 중졸이라 캐봐야 하나 아니면 둘이라. 고졸은 거의 없었고 중졸만 돼도 본부 가서 행정을 보는 기라. 학벌이 그만큼 없었어. 대학생 대졸은 아마 일개 대대에서도 찾기 힘들었을 거라. 그랬다니까.

군대는 확실히 말년이 수월 터라

군대 점호시간 기억나십니까?

요새 군대 생활은 근데, 아이고 군대 생활도 안 그러나? 토요일날 저녁에 내무사열 하거든. 관물함 정리도 깨끗하게 돼야 되고, 정리해 놓은 것도 전부 같아야 돼. 군화 밑에 보면 먼지 하나 없어야 되고. 보면 발에 냄새까정 맡아 보는 거야. 냄새 맡아 보고 [냄새가 많이 나면] 변소 가 가지고 변소에 큰 거 해 놓은 거 깡통에 퍼 가지고 입에 깡통 물고 오라 캐. 그래가 오마 얼굴에다 돌을 던지는 거야. 아 그러니까 돌을 맞아도 입을 못 떼는 기라. 입을 떼가 똥이 찬 깡통이 내무반 바닥에 떨어지마 우예 되겠노? 그라마 죽었다고 복창해야 돼. 그러이 이빨 앙 다물고 참는 기라. 그라마 이빨 빠지는 거지. 그래 그때 변소 벌 받고 거다가 연병장까정 한 바퀴 도는 거야. 냄새 나기나 말기나 안 돌면 어쩔 낀데. 참 근데 내무사열 때는 총을 아무리 청소 해 놔도 암만 해 놔도 가마이 보면 신통찮아. 일등 병 이등병 때는 죽기 살기로 열심히 했는데, 병장 되니까 하기나 말기나 놔둬 뿟어. 뭐라 카면 빳따 두어 대 맞으면 되니까. 병장이 되면 그냥 빳 따 두 대 맞고 말지 안 하는 거야. 그놈의 총 수입('청소하다' 라는 영어 sweep을 한국식으로 발음한 듯) 한다고 해도 아무리 해도 안 돼. 불량이 라 불량: 진작 요즘 젊은 사람들은 호화 생활을 해서 그런 걸 못 견딘다 카이. 육체적인 고통도 견뎌야 심적 고통도 견뎌내는 기라. 우리 때는 군 대서 나무를 했거든. 추석 말에 나무하러 가면 뭐 입노? 홑겹데이 하나 입고 나갔다. 곡괭이도 마음대로 못 쓴다. 페인트 칠 해 가지고 고대로 있어야지, 페인트도 귀해가 막 쓰면 안 돼. 거기다 기름 가지고 반들반들 하게 해 놔야 돼. 곡괭이는 순전히 전시용으로 모시다 놓고 쓰지도 모하 게 하이, 돌 이만한 거 가지고 참나무 때려 가지고 꺾어 가지고 그래 나무 를 해야 돼. 그라고 가마니 필요하다 카면 주로 도둑질하는 기라. 한 이 삼십 명 나가서 부대 근방 민간인 있는데 어디 가가 [가마니에] 나락 있으 면 부어 뿌고 가 와야 돼. 그래라도 구해야 돼. 하나에 한 장씩 가져와야 되고 또 부대 상관들 모르게 장비 겉은 거 포장해가 채아(채워) 놔야 돼. 전부 도둑질 아니가. 실지로 그랬거든. 내 말에 거짓은 하나도 없거든. 사실이 그랬어. 무조건 복종이야. 군대에서 하라 카면 해야지, 이유 없잖 아.

겨울에 안 추웠습니까?

근데 뻬치카(페치카)[83]라는 게 있어. 이래가 철판 해 가지고 불 여면 (불 넣으면) 철판 뜨시게 해서 나오는 기라. 그라마 선임하사하고 내무하사는 만날 불 나오는 좋은 데 자리를 딱 잡고 저거만 뜨시게 불 쬐는 거야. 그기 얼마나 부럽던지. 또 뭐가 제일 고통인가 카면 내무사열을 하는데 아무래도 겨울에 추워가 못 씻으이 목하고 옷깃에 때가 끼게 되는 기라. 겨울에 금화(지금은 군의 대부분이 북한 지역인 김화군을 말하는 듯)카는 데 있었는데 얼마나 춥노. 옷을 빨아야 내무사열 때 기합 면할 낀데 싶어가 얼음을 녹아가(녹여서) 그놈의 때를 지울라꼬 아무리 해도 안 진다니까. 겨울에 그기 참말로 고통이라. 한 번은 탄약방에 [보초를] 서는데 간빵(건빵)이 여섯 봉지가 없어진 거라. 그래가 이놈 선임하사가 일개 중대를 모다 놓고 막 하나이 세 대씩 빳따 치는데…. 빳따는 이래 살이 퉁퉁하이 많은 사람이 못 견딘다 카이. 내처럼 이래 마른 사람이 오히려 잘 견디는 기라. 근데 아무리 빳따 치도 간빵이 안 나와. 그러다 결국 전라도 애가 손을 들고 내가 묵었심미더 카미 나오데. 알고 보이 배가 고파가 참다 못 참고 고마 묵다 보이 간빵 여섯 개를 다 먹은 기라. 선임하사가 니 묵은 봉지 가오라 카니까 탄약고 구석서 빈 봉지 가오더라고. 애가 뚱뚱하이 그랬는데 어지간히 배가 고팠던 모양이라. 그래가 일개 포대가 다 안 맞았나. 그만침 배가 고팠어. 군대서 우리는 딴건 안 먹었는데 칡 뿌리는 캐 먹었어. 칡이 중간에 뿌리가 내리가 구멍이 나 있는데 고거는 씹으면 달짝해서 먹을 만 하더라니까.

군대서 승진은 잘 시켰습니까?

그럴 리가 있나. 하사 계급장 팔 년 달고 중사 안 되는 경우도 있었어. 그때 당시에 말뚝 카는 게 있거든. 학벌이 있는 사람이 있었는데, 중퇴했는 사람이라. 그 사람은 칠 년 달고 중사 되고 엄하시는 팔 년 육 개월 달아도 안 돼 가지고 엄청나게 고생했어. 중사면 월급이 세거든. 팔 년 하사 계급장 달고 중사를 안 달았으면 청춘이 다 가는 거라. 그런 사람은 학벌이 안 돼서 안 된다니까. 근데 확실히 말년이 수월 터라. 상병 달아 노이 넘(너무) 좋더라. 근데 겨울에 제대할 때는 군대서 뚜드리(두들겨) 맞고 때리고 한 건 원수가 안 되더라고. 또 디기(아주) 친해도 나와 버리면 다 잊어버리고 만나지도 못하고. 참 그때도 전라도 경상도 카는 거 있었다. 겉으론 말 안 해도 논산훈련소 가니까 역시 전라도는 애는 전라도 애라. 그런데 아버지가 얘기를 하는데, 일본 탄광 야하다 제철소 일할 때 이야기를 했는데 그때도 전라도 그러면 일본 사람들도 속마음 모르겠다고 캤다 카더라고. 우리나라 사람보다도 일본 사람이 전라도 지역 가면 고마(그만) 고개를 흔들더라고 얘기를 하데. 근데 우리가 해외 거 사우디 대한통운(大韓通運)[84]도 다녀왔지만 하여튼 전라도 애들은 보면 다르다카이. 왜냐카면 거 가 가지고도 서류 같은 거 보고 같은 전라도 사람 있으마 노다지(늘) 찾아가 같이 뭘 하는동(하는지). 우리야 근데 아부 카는 게 없으니, 전라도 애들 같이 그런 게 없으니…. 전라도 애들하고 같이 가 봐라. 영 차이가 나지.

전라도 사람들을 겪어 보니 붙임성이 좋고 정이 참 많던데요.

그런가? 여 현재 보면 김대중(金大中, 1926~)이 대통령 되고 전라도 애들이 대구에도 좀 있는데 그중에서 동구(東區)가 제일 시다 카니까(세다니까). 근데 보면 요새도 대구캉 달리 경북은 안 그렇거든. 개인적으로는 전라도 애들하고 친하게 지내는 이도 있겠지만 아직도 단체는 안 돼. 여기 옛날 백제 신라 때부터 골이 진 거 아니가. 영국이나 미국 같은 데도 지역 그거 있다 카더구만. 자꾸 없앤다고 하는 거, 이건 아니라.

그럼 제대는 언제 하신 겁니까?

제대하고 난 다음에 오일륙(1961년 5월 16일 박정희 소장 등이 중심이 되어 일으킨 군사정변) 났으이. 육십일년도 초? 그래 박대통령이 오일륙한 거 제대하고 나서 고향에 있을 때 알았다 아니가. 아니다, 군대 있을 땐가 제대하고 나선가 잘 모르겠네. 그때 당시에 뭐 군사혁명 캐도 그때 박정희(朴正熙, 1917~79) 잘 몰랐지. 그때 참모총장이 누구더라? 아 장도영(張都暎, 1923~)[85]인가 그랬지. 그 사람 앞세워서 방송에 그래 안 캤나. 계엄사령관 장도영이 내세웠지, 박정희 캐도 이름 없었던 사람 아이가. 늦게 보니까 박대통령이 다 거머쥐데. 그때 참 군대 복무기간도 들쑥날쑥해가 우리 이 년 앞에는 이십팔 개월 복무하고 나간 사람도 있고, 우리는 삼십사 개월이었나? 비상 걸리고 했 버리면 일이 개월 보통 늦어져. 오늘 황사가 있을 거라니까 생각나는데, 군대 가기 전인가 신익희(申翼熙, 1892~1956) 씨[86] 죽었을 때 그때 황사(黃砂)가 그래 많이 왔어, 그해 봄에. 그때도 황사란 게 있었다 카이. 신익희가 거 봄에 거 죽었다. 나무하로 가니까 산이 안 보였어. 황사가 보통 오는 갑다 이거지, 몸에 해로운지 몰랐어. 그래도 나무하러 갔다니까. 그 이후로 금년에 최고로 많이 왔어. 신익희 선생 돌아가신 그때 그렇게 많이 왔어. 그때 "이리저리 가지 말고 신작로(新作路)로 가자, 신익희를 대통령으로 하고 장면(張勉, 1899~1966)[87] 박사를 부통령으로 하자, 이리저리 가지 말고 신작로로 가쟈" 카는 그 말이 유행이었지. 신익희 찍어 주고 장면이 찍어 줘라 그 말이거든. 신익희 씨 그때 안 죽었으면 세상 완전히 디비져(뒤집어져) 버렸지. 전 국민의 구십 프로가 야당을 지지를 해줬거든. 운이 없어서 그런 걸 어짜겠노. 그때 당시에 자유당 말엽에 야단 안 났나. 저 가짜 이강석[88]

이 나온 거 아는가? 안동 와가 야단 지기고 한 거 말이야. 사건 많았어.

그럼 그때 대통령은 이승만?

그래 맞다. 이승만(李承晚, 1875~1965)이가 그때 삼일오선거[89)] 때, 우리 군대 있었는데 한 번은 말이야 간빵 같은 거 잘 주는 기라. 먹고 나니 석 달 동안 간빵 안 주는 기라. 왜 안 주느냐 하니 미리 다 안 먹었나 캐가 석 달 동안 간빵을 못 타 먹었다. 그랬는데 뭐. 돈에도 지 얼굴 기리 넣고 (그려 넣고) 했지. 당시에 투표도 여 찍고 해도 우에 됐는지 몰라.

역대 대통령 중에서 누가 제일 기억에 남습니까?

당연히 박대통령이지. 나는 박정희 나쁘게 평가를 안 해. 그만침 우리 대한민국을 위해 일한 사람이 어딨노? 일할라면 거 강권도 해야지, 너무 민주주의 해 사면(해 대면) 그렇게 일 잘 못하거든. 말 안 들어 주면 참말로 억압도 써야 돼. 정치하는 데 너무나 자율 쥐 뿌면(쥐 버리면) 안 된다. 경부고속도로 낼 때 그거 전부 참말로 월남(越南, 베트남) 간 군인들 희생해가 했다고 하는데 그때는 희생 없이는 발전 없다. 안 글나(그러나)? 희생이 있으니 발전이 있는 거지. 그때 당시에 새마을사업 하는 것도 전부 다 요새 같으면 그렇게 해 내기 힘들어. 월남전은 물론 참말로 죽은 사람은 있지만 그때 외화획득 마이 안 했나. 동대구역 개발한 것도 박대통령 때 한 거 아니가. 보자 박대통령이 한 십팔 년 했으이, 그때 맞제. 박대통령이 참 십팔 년 동안 정권했으이 오래 하긴 했다. 유신[90)]하기 전엔가 그때 우리 그캤어. 고마 이번에 양보하고 차기(次期)에 나서면 될긴데 …, 우리가 다 캤다. 그러니까 이번에 양보하고 차기에 하면 좋을긴데 카면서. 실지 박대통령이 너무 욕심 안 부렸나. 국민들이 구십 프로 다 캤다 카이께네. 전두환(全斗煥, 1931~) 대통령도 다리는(다른 것은) 몰라도 실지 경제정책은 확실히 잘했다. 그거는 알아야 되거든. 칠 년 동안 물가 변동이 없으니까 서민들이 얼마나 살기 좋았는데. 그때도 뭐 군사독재 카지만 경제정책은 다 잘했다고 한다. 칠 년 동안 물가변동 하나 없었잖아. 서민들 입장에서 보마 잘했지.

요즘 선거 때마다 투표는 열심히 하십니까?

그런데 이래 보마 영국의 처칠 수상은 수상을 몇 년 하면서 나올 때 돈이 없어가, 집이 없어가 영국의 어느 갑부가 집을 한 채 사 줘 가지고 자기 생활했다고 카더라. 근데 이놈의 우리나라는 말이라. 이놈의 야당이고 여당이고 뭐고 없어. 지금 젊은 사람들은 모리는데 옛날에는 국회의원이고 장관이고 하면 올리다 보고 이랬는데, 인지는 개자슥들(개자식들) 또 여기 뭐 하러 왔노, 전부 이칸다(이렇게 말한다) 아나? 여기 나이 많은 사람들이 요새 정치인들 엄청시리 욕한다. 대통령 여기 왔다 카면 테레비 전부 다 꺼 뿐다(꺼 버린다). 보기 싫다 카는데 뭐. 정치 그래 해가는 안 돼. 국민들한테 어느 정도 호감을 사면서 국회의원이고 장관을 해야 하는데 요새 안 그래. 그러이 전부 선거 투표도 많이 안 할라 그런다. 귀찮쿠로(귀찮게) 뭐하로(무엇 때문에) 하노? 해줘 봐도 필요없다 이거라. 나도 하마 몇 년 전부터 투표 안 한다. 원래 내가 낚시 가면 젊은 오십 대들하고 잘 놀거든. 작년까지는 내 한 오십서이나 육십 먹은 사람들이랑 만날 어울려서 낚시하러 갔거든. 근데 금년부터는 내가 나이 많은 사람이랑도 잘 노는데, 요새는 칠십여덟, 아홉 이런 영감들도 날 좋아하거든. 늙었기나 젊었기나 그 사람들도 카는 기라. 요새 누가 뭐 하던지 관심 없다 그래. 투표 안 한다는데 뭐.

정당에 가입해 보셨습니까?

내가 원래 야당이라. 그때 이승만 정권 때라 엉터리 아니가. 고 당시에 야당에 가입하는 건 대단한 거지. 그때 내가 배운 것 없어도 정치하는 거 보고 저렇게 하면 안 될다(되겠다) 싶어 가입 안 했나? 효령면에 한 댓 사람밖에 없었어. 일개 면에서 가입한 사람이. 그때 같으면 선구자다. 자유당 때부터 그때 당시에 형님이 학교 선생질 하는데 내가 야당을 해 놓으니까 형님한테 위에서 대번 압력 전화가 오더라 그러데. 형님이 내 보고 니(너) 신민당(新民黨)[91]에 가입했냐고 묻길래 예 했습니다 이러니, 야 내한테 지서장하고 교육부에서 막 압력이 들온다 이거라. 그래서 선생 질하는 형님이 촌에 파출소 소장하고 한바탕 디기(세게) 했어. 야당 하면 전부 다 빨갱이냐고. 내 동생이 야당에 가면 내가 빨갱이냐고 카면서 교장하고도 한바탕 했다더라. 그래가 내 땜에 형님 애묵었어.

4. 고달팠던 대구 본역
마루보시 생활

위, 1961년 12월에 찍은 결혼사진.
둘째 형님이 우보사진관에 가서 직접
사진사를 데려와 찍은 사진이다.
왼쪽이 오촌 당숙, 오른쪽이 장인이다.
군에 있을 때 아버님이 돌아가셔서
오촌 당숙이 그 역할을 대신하였다.
아래, 결혼사진.

제대하고 일주일 만에 결혼했어

결혼하신 건 언제입니까?

군대 갔다 와가. 옛날엔 어른들이 중매하마 그런가 보다 했지 얼굴은
보도(보지도) 안 했다. 군은 같은 군인데 같은 동네는 아니고 우보면 밑
에 있는 산성면이라. 우리 집이 저 집보다 부자는 더 부자라. 우리는 일
정 때 소 한 마리 공출했거든. 그때 소 있는 사람이 거진 없었으이 동네에
선 제법 살았던 기지. 열 집 중에 한 집 정도배께 소 없었어. 실지 우리 마
을이 한 칠십 호 됐는데 그래도 동네에 소 많이 없었다. 일곱 마리밖에 없
었다. [할머니가 말을 이었다.] (할머니 : 시집가 보이 그 집에선 애끼긴
(아끼기는) 더 애끼고, 사람은 많고 먹는 건 먹어도 그래도 부자는 부자
라. 곡식 없진 않애. 일제 때 옛날에 소 한 마리 공출했다 카이. 우리도 육
이오 때 큰 황소 미기다가(먹이다가) 내 그때 열 살 안 됐거든. 황소 미기
다가 고마 군인들한테 빼앗겨 부렸다. 우리 아군들한테. 화수국민학교[92]
화수 다리 밑에서 우리 소가 워낙 좋으니까 돈을 낮게 쳐 줄라 카더라고.
군인들이 소 내놔라 캐도 아버지가 소는 한 재산이라고 안 줄라고 우깃
어. 참 시골 젊은 사람이 당차게 지게 작대기 가지고 안 된다고 하니까,
일단 소를 몰고 나오라고 캐가 아버지가 몰고 나가이 우리 소가 제일 좋
은 거라. 구르마 끄는 소 할라고 캤던 모양이라. 그때 지값(제값) 다 받고
소 판 돈으로 가지고 암소 큰 소 한 마리 사고도 돈이 남았어. 전쟁통에
다른 이 다 피난 가는데 아버지는 소 사러 가니까 사람들이 아버지 보고
미친놈이라 캤다니까. 저놈 자슥 돈 그냥 가지고 가는 게 나을 낀데 캐도
[아버지는 소 사가 가는 게 낫다고 소 사러 갔다 카이.)

결혼은 그럼 군대 제대하시고 바로 하신 겁니까?

내 이야기할게. 군대 있다니까 제대를 한 십오 일 앞두고 적삼 이래 입고 찍은 어떤 아가씨 사진이 왔는 기라. 가만이 보니 같잖지도 않더라. 옛날 촌닭 아이가. 집에서 색시 정해가 사진을 보냈어. 우야노? 어른들이 시키는 대로 해야지. 그래 제대할 날 얼마 안 남았고 결혼도 해야 되이 [제대시켜] 보내 달라고 하니까 우에서 안 보내 주는 기라. 내 처갓집이 옛날에 정자에 갖다 가마이 술 밀주해 먹었는데, 내 온다 카니까 곧 신랑이 올 거라고 술 해가 기다렸거든. 근데 군대서 안 보내 주더라 카이. 군대서 보내 줘야 되는데 저거 멋대로 연기하고 그랬다니까. 그래 처갓집에다 못 간다고 연락하고 우예 우예 제대해가 오니까 음력설이 기우(겨우) 일주일배께 안 남았는 기라. 그래 집에 왔는데 오자마자 장가가라 카데. 그래가 제대해가 가가 일주일 있다 결혼을 했지. 아 섣달 스무이레날 장가를 갔어. 뭐 다행히 내가 머리도 약간 길러서 갔으니까.

중매는 누가 서 주신 겁니까?

중매는 우리 외손(外孫)이. 그러니 처갓집을 봐서는 집에 안사람 종고모부가 중매 서 가지고 했지. 그분이 왜냐카면 내한테 조카뻘 되거든. 내보고 아재 그러거든. 거 중매한 사람이 우리 외갓집 집안이라. 육이오사변 때 전방에 가 있다가 전쟁에서 탈영해서 간만에 와 가지고 저거 집은 못살고 우리 집은 잘사니까 밥 먹을 길이 있었는 기라. 있어 보니 우리 집 살림도 괜찮고, 나도 한문 배워가 머리도 좋다 그랬거든. 내가 처갓집에 사촌 동서 딸이 하나 있는데 중매 해줄다(해주겠다) 해서 그래 된 거지.

결혼하신 연도는 기억 못하시고요?

1961년 12월. 결혼식을 끝내고 처갓집에서 처가 식구들과 함께 찍은 사진이다. 신랑과 같은 줄 제일 왼쪽 갓을 쓴 분이 장인, 마지막 줄 왼쪽에서 두번째 아이를 안고 있는 분이 장모님이다. 사위와 나이 차이가 많지 않아 상당히 쑥스러워하셨다고 한다.

몇 년도? 모르겠다. 광영이를 보자, 일 년 만에 낳았으니까. 육십일년
도인가 육십이년도인가 모르겠네. 거 크게 대사(大事)라고 생각 안 하거
든. 그래 됐는데 이제 옛날에는 날 받아 가지고 해를 안 넘깃거든. 그래
가지고 [처갓집에] 가가 하룻밤 자고 집에 왔어.

시집오실 때 아버님 처음 보고 무슨 생각 드셨어요?
(할머니 : 내 맞선 봤으면 결혼 안 했지. 우리는 없이 살았어도, 크게 안
있어도 굉장히 여유 있게 살았지만 저 집은 부자라 카면서 살았지만 인
색했어. 그래도 옛날엔 선봤으이 아무리 캐도 안 되지. 우리 아버지 말씀
이 땅은 낮고 하늘은 높으다 그랬다.)

처갓집은 어디입니까?
[할머니를 가리키며] 여가 군위 산성면 금둥굴. 굼둥굴은 어서 그래 불
러온 이름이고 행정명은 금양동이지. 지금은 의흥면에 편입됐을 기라.
내가 참 장가는 잘 갔어. 근데 처갓집 사람들이 장난 정말 심하다 심해.
장난, 말도 하지 마라. 손가들 여 손씨들 자제가 삼십 호 되는데 타씨 성
은 한 집뿐이라. 그때 처갓집이 부자는 아니더라도 살림이 따따붑더라
(탄탄하더라). 처갓집에 가면 마 고마 밤낮으로 한 방씩 모이는 기라. 그
래가 처남들하고 만날 장난해 대는 기지. 장모가 나하고 십일 년 차라.
내가 그러이 설 쉬이 스물여섯이고 장모가 서른일곱이니 십일 년 차 아
이가. 그러이 [장모도 아직] 새색시 아이가. 그러니 저 양반이 내한테 절
안 받더라 카이. 요새 같으면 서른일곱이면 아직 차례 멀었지 뭐. 여기
등산 가 보마 육십대 할머니들도 옷만 곱게 입어 봐라. 그라마 처자 같다.

그럼 할머니와는 나이 차이가 얼마나 됩니까?

오 년 차이라. 그러이 장모가 열일곱에 집안 식구를 낳았는 기라. 옛날에 열여섯에 결혼해가 열일곱에 낳았는 기라. 그래 신행중에 처갓집에 한 번 갔디 처남들이 황서방 고디 잡으러 가자 카면서 강에 가가 맨발로 어름 위에 서 있으라 카는 기라. 그래도 내가 싫다는 표 안 냈거든. 그래가 처갓집 가면 아이고 황서방, 황서방 카면서 그러이 재밌었는데. 그래 하다 이제 보자 인제 가을에 집으로 안식구를 데려왔거든. 근 일 년 뒤에 데려왔지. 옛날에는 거의 다 우리 때는 설 쉬야 데리고 와. 일 년 돼야 온다 카이.

그러면 그동안 아버님은 처갓집에 같이?

어언지(아니). 안식구는 여 처갓집에 두고 나만 왔다갔다 했지. 보통 그렇게 안 하나. 그러이 보리타작해 놓고 조용하면 가 보고, 모심기해 놓고 조용하면 가 보고, 부모들이 너 함 갔다 오너라 하면 또 함 가고 그랬지. 그기 아니면 보고 싶어도 못 가는 거야. 한 번은 거짓말 안 하고 참 봄날인데, 다리는(다른 사람은) 처갓집 갔다 왔다꼬 야단인 기라. 그래가 처갓집까지 가는 길이 한 사십 리인데 자전거 타고 무작정 갔는 기라. 다 와 가지고 가차이(가까이) 가가 가만히 건네다 보이 처갓집이 바로 눈앞에 보이는데 드갈라 카이께네 골치 아픈 기라. 혹시 욕할라 싶어가 그냥 돌아갔는 기라, 안 들어가고. 저녁 먹고 그저 갔는데, 옷도 안 채리(차려) 입고 그저 보고 싶어가 갔는데 불쑥 내 왔심더 카고 들어갈 수 있나? 못 들어가거든. 우린 또 거짓말 안 하지. 그래가 참 인제 이런 자리를 빌어서 이야기한다. 아무한테도 이야기 안 했거든. 근데 결혼해 가도 옛날에 안 그러나. 방이 요 있어도 이쪽 방은 아버지하고 어머니하고 자고 요쪽은 부부하고 자고. 또 옛날에는 미주(메주)를 서 말씩 우에 달아 놓으니

왼쪽, 부인 사진(왼쪽 끝). 결혼한
새댁들이 신행 전(결혼하고 1년 동안
친정에서 지내는 시간)에 모여 찍은
것으로 모두 같은 마을의 손씨
새댁들이다. 제일 오른쪽에 있는 새댁은
이미 고인이 되었다고 한다.
오른쪽, 22세 때 시집에 오기 전 바로
윗집에 살던 순이와 찍은 사진.
아래, 부인이 대구로 이사 오기 직전
행동에 있는 큰집 작은 사랑채에서
사이가 좋았던 윗동서와 찍은 사진.

얼마나 냄새나고 추잡으노(더러워). 지금도 맹(똑같이) 좀 그렇지만 말이 색시 방이지 그기 어디 색시 방이가? 아이고 그랬는 거지.

색시 처음 보셨을 때 예뻤죠?

살결은 좋아 보였어. 탕약(湯藥, 달여서 마시는 한약)을 많이 먹으니. 근데 우리는 안 그렇나. 이쁘고 안 이쁘고 그런 거 몰랐어. 군대 갈 때, 우리 동네 애 하나가 내가 군대 간다니까 어이 아무개 형 잠깐 보자 그러는 기라. 그래 나가이끼네(나가니까) 아가씨 하나가 내 군대 간다 그러니까 수건 하나 주면서 업어 달라 안아 달라 그러더라고. 내도 참 등시(병신) 아니가. 그기 무슨 뜻인 줄도 몰랐다니까네. 아무 생각 없이 업어 주고 안아 주고 수건 받아서 군대 갔지. 그래 가지고 군대 갔다 와 가지고 결혼하고 식 올리고 나서 그 아가씨 한 번 보고 접더라고(싶더라고). 옛날에 칠곡 장신 카는데 거기 장천면 어디서 뭐 담배집 한다고 해가 얼마 전에 찾아가니까 있더라고. 나 아무개라 그러니까 아들이 나오더라고. "이름이 뭐제?" "외갓집 어디제?" 물어보이 맞는 기라. 쪼매 뒤에 나오는데 살이 이래 쪄 가지고 거 좀 뚱뚱하데. 나 군대 가기 전에 업어 달라 그래가 업어 주고 그랬는데, 나잇살 먹으니 생각나서 보고 잡어 왔다 캤어. 맥주 한 병 얻어먹고 왔는데 집에 와서 안식구한테 그런 얘기 안 했다. 우리 때는 남녀 간에 그런 거 잘 몰랐어. 장가도 부모가 가라 카면 가고 오라 카면 오고 그랬지 그게 없었어.

혼인하고 처갓집에서 안 괴롭히던가요?

말도 하지 마라. 다리미로 발바닥 맞고, 이불 껍데기에 막걸리 묻혀가 장대 가지고 슬슬 문때고(문지르고). 그라마 그게 얼마나 더럽노? 때가

다 묻었는데. 요새 같으면 안 간다. 그때 마른 명태 가지고 발바닥 때리기도 하고 따딸 방망이 안 있나? 첫날밤에는 야물상이라고 있어, 밤에 먹는 거. 잔치 때 손님 맞은 거 가짓수대로 다 들어온단 말이야. 둘이 다 먹으라고 그걸 가져다줬어. 그 안날 되면 언지늑에(저녁쯤에) 이 집에 야물상 내놔라 그러거든. 그거 내놔야 돼. 가짓수대로 모아서 내놓으라고 하는데 없으면 안 내놓고 어쩌노? 장모가 한상 가득히 술도 가져오고 돼지고기 가져오지. 그때는 돼지고기 진짜 좋았어. 먹으면 구수하더라니까. 고마 장모가 한 상 거덕히(가득히) 해 오면 그놈 먹고 덜 패지. 며칠 동안 시달린다. 처갓집에 갈 때마다 처남들이 오면 밤새도록 잠 못 잔다. 문도 들여다보고 골치 아파. 참 애먹이는 기라. 요새는 그런 게 어딨노? 언제는 내가 장난 안 받을라고 화를 내니까 아무도 안 오더라고. 그러이 또 그러지는 못하겠더라. 지금도 내가 가면 아이고 황서방 왔나 그러면서 처갓집 식구들 다 모인다니까.

그때 혼수는 뭘 해 가지고 갔습니까?

내 결혼할 때는 양단 치마저고리. 그때는 그게 제일 좋았어. 비로도[93]에 호박단지 저고리는 형님 할 때고, 내가 할 때는 양단 치마가 제일 좋았어. 새신랑 옷은 원래 명주가 좋은데 나는 백보루 주적삼[94] 입고 갔어. 그거 해 놓으면 좋거든. 처갓집 가이(가니) 옷 좋다면서 아따 부잣집 새신랑이라고 하더라고. 실지 맨 나일론 원단 아니가. 불나면 빵꾸 잘 나고, 촉감이 미끌미끌한 기. 결혼식 할 때는 금관조복 같은 거 안 있나. 사모관대 해가 옛날 정승들 입던 거 그거 입었고, 신발은 요새도 향교 같은 데 가면 그런 기 있을 기라. 색시는 시집을 때 내가 처갓집에 보낸 거 그거 해 오고, 시어마이 시아바이 이불 해 왔지. 동서 꺼는 치마저고리 해 오고 시숙 꺼는 두루마기 해 오고, 집안 숙모들 꺼는 치마저고리 적삼 하나 하면 컸지. 안 그러면 버선 여나음 켤레(열 켤레 남짓) 하든지. 그때 버선 받고 좋다 그랬고, 형님도 두루마기 해주니 좋다 그랬어. 옛날에 비하면 요새는 혼수 너무 과하고, 그때는 시어마이 시아바이 이부자리 하나 못해 가는 사람도 있었어. 그만치 어려웠다니까.

신혼여행은?

신혼여행 같은 거 없었어. 신혼여행이 어딨었노. 큰아 가지고 얼마 있다 경주에 함 놀러 가기는 했지. 그러이 결혼하고 한 이 년쯤 뒤지. 봐라. 내 장개가 가지고 그 건너편에 살던 영감이 있었는데 자기 딸 연애했다고 그 영감이 목매 죽었다고 하더라. 딸 연애했다고 영감이 목매 죽었다니까. 그때는 그기 아주 큰 허물이다. 고마 동네 누가 연애했다고 하면 군위군이 들썩하는 거라. 소문이 얼마나 빠르노? 그때는 딸이 연애하면 못 치운다고 봐야 돼. 우에 가지고(어떻게 해서) 어느 마을에 뉘 집 딸 연애했다고 하면 그놈의 소문이 얼마나 퍼지는지 말도 못하는 거라. 요즘에 KBS 아침 뉴스랑 한가진 기라. 그런 소문나면 시집 못 갔다.

큰아들은 외가에서 태어났습니까?

어언지, 여 우리 집에서 낳았지. 왜냐카면 처갓집에 장모가 처제 배어 있었거든. 그래 저거 처제가 사월 초열흘날 나고, 광영이가 윤사월 초하루에 났지. 사우 보고 장모가 서른일곱인가 여덟인가에 애 낳았으니 남사시럽다(남우세스럽다) 카미 내가 처갓집에 갔다만 애를 구석에 확 밀어 버리더라고. 이불 이래가 홀 덮어 버리고 그랬으이. 그러이 광영이가 이모하고 한 해 같이 난 기라. 그러이 만날 이모 보마 "이모 왔나" 카미 반말 하고 그라고 했지, 지하고 동갑이라고. 막내 처제가 안식구하고 나이 차가 마이 나지. 그 위에 남동생이 세 명 있었는데 둘이가 죽었다. 제일 맏이는 결혼 안 하고 죽고, 막내이는 또 사고로 죽은 지 얼마 안 됐다. 그래 이제 둘 남았지. 장모 캐도 나이 오십셋이었든가, 요새 같으면 위암 같으면 쪼매 살 수 있는데 그때 위암 걸렸다고 카니까 내 수술 해봤자 살림만 거덜 난다고 안 했어. 고마 그 뒤로 별세했 버렸다니까. 옛날 사람들 안 그렇나, 살림카는 거 자식에 대해서 그만큼 관심을 뒀어. 요새 같으면 수술하면 나샀는데(나았는데), 거 하마 십 년 전부터 고마 속이 아팠는데 전부 그저 속병이라 카고 병원에 안 갔어. 죽을 때 돼가 갔는데 이미 늦은 기라. 요새야 뭐 일 년에 한 번씩 위내시경, 간기능 검사 같은 거 하는데 해볼 만해. 근데 말이야. 안식구가 시집왔다가 큰아 놓고(낳고) 잠시 친정 가 있었거든. 내가 한 달 동안 있다가 처갓집에 가이 광영이가 살이 쪄 가지고 통통하더라고. 근데 부모를 아는 모양이라. 내 앉아 있으니 내한테 살살 기어올라 오데. 그게 혈육이라고 통한 모양이라. 장인, 장모, 어마이 요래 쭉 살펴보디 내한테 살살 기어 오더라 카이. 내 그때 아이게 아무래 캐도 핏줄이라는 게 땡기는 모양이다 싶었지.

안식구는 큰형수 시집살이 씨게 했지

살림은 언제 나셨습니까?

내 가만히 보이 큰집 형님이 살림을 안 내주는 기라. 왜 안 내주노 카마, 동생을 부려 무마(부려 먹으면) 수월커든. 농사가 많으니께. 그러이 겨울 돼 가만(되어 가면) 나는 만날 나무하러 가는데 형님은 고마 춥고 하이 사랑에 놀러 가 버리니, 이래가는 안 되겠다 싶은 거야. 살림을 빨리

나야 뭘 해도 그기 내 것이 되니 큰집에 살아서는 덕 되는 게 하나도 없어. 뭐 하는 사람은 칠 년 팔 년 하는 사람이 있다 카이께네. 그래가 안 돼가지고 형님 허가 없이 산에 가가 나무를 때리 빗는 기라(그냥 베어 버린 거야). 그때 당시 해방 후에 우리나라 사람들은 먹을 거 없으마 산부터 빗기(벗겨) 먹었다. 그래 알아야 돼. 그때는 여 산에 가면 오리목[95] 같은 거, 아카시아 많거든. 그걸 내가 가마이 때리 빗는데, 아 이기(이것이) 고마 산림계(山林係)한테 덜커덩 걸린 기라. 옛날 산림계 카는 게 아주 무섭었거든. 그때 산림계에 걸리마 영창(營倉)[96]을 가야 돼. 근데 그렇게 걸려가 군 산림계에 딱 가 보니까 산림계장이 안면이 있는 기라. 왜 안면이 있나 하마, 옛날에는 미친개한테 물리마 약이 없었어. 근데 '화산가리'[97] 카는 게 있어 화산가리. 요새 봄에 보마 여 보리논 요만히 맬 때 올라와 가지고 딱 한 이십 일쯤 있다가 없어지는 건데, 그거를 우리 여러 마리 구해 놨다가 미친개한테 물릿다(물렸다) 카면 주고 그랬어. 희안하이 그거 먹으면 낫어. 그기 독하다 카이. 그때 당시에 군위군 산림계장 마누라가 미친개한테 물리 가지고 우리가 그걸 공짜로 줬었지. 공짜로 줬는 기라. 그러이께네 산림계장이 "어디 관할구역에서 왔노?" 카면서 묻길래 "일구역입니다" 카이, "에이 참 사람 이상하게 만나네" 카는 기라. 그러더니 고마 날 풀어 주더라 카이께네. 그래 산림계장 덕을 봤어. 덕은 베풀었는 대로 언제든 돌아온다 카이.

오죽했으면 그랬을까 싶어 큰집에서 살림을 내줬군요.

그 난리를 치이께네(치니까) 큰집에서 따로 헌 집터를 사 가지고 집을 지어 주더라 카이. 그래 가지고 집을 지어가 살림을 냈는데, 이 집을 고대로 내가 뜯어가 여[대구에] 왔다 카이. 나무가 좋은 거였거든. 그래가 트럭에다 기와하고 다른 거는 쳐 뿌고 목재만 싣고 왔는데 한 차도 안 되데.
그래 왔는데 가만히 보이께네 그때 당시에도 한창 도시에 바람이 불어
가지고 농촌에 논도 헐코 농산물이 엄청나게 헐했어. 그래가 그때 딴 사
람들은 다 농사지었는데 나만 집하고 논하고 다 팔아 가지고 까짓 거 우
예 됐든 간에 대구로 나왔 뿟는 기라. 큰집에서 주는 거 캐봤자 논 두 마
지기 사백 평하고 밭은 삼백 평 정도. 그래도 나는 살림 많이 타고났는 기
라. 뭐한 사람들 논 캐봤자 한 닷 대지기 하고 밭 한 이백 평. 사는 기 형
편없는 사람들은 그것도 아예 못 타고 가는 기라. 그러이 그때 당시에 내
보고 많이 탔다 카더라고. 그래가 무조건 하고 논도 팔고 밭도 팔고 집에
안식구하고 나왔지 뭐. 실지 촌에 있어 보이께네 안 좋은 게, 광영이 아프
지 진영이 아프지 하니까 애들 키우는 게 문제라. 병원 함 갈려고 해도 소
아과가 어딨노? 읍내 캐봤자 뭐 별 거 없어 가지고 거 있을 때, 둘째 진영
이 낳을 때 아파가 폐렴으로 고생해 가지고 동산병원 와서 보름 있으니
까 논 한 마지기 날아가더라. 그것도 오천교회 목사님이 동산병원에다
가 추천서를 써 줘가 할인을 받아가 그나마 덜 쓴 기라. 교회 질 때 서까
래 깎아 주고 했는 거 그래 되돌리 받았다 카이. 사람이 덕을 베풀마 다
돌려받게 돼 있는 모양이라. 참 진영이도 그때 얼매나 아팠던동. 거 진영
이 살린 사람이 당시 동산병원 소아과장 하던 김집(金潗) 원장 아이가.
그 양반이 아 정성으로 들다봐(들여다보아) 줘가 이래 안 살았나. 참 시
겁했다 카이. 좀 있다가 소아과 의원을 차리있는데 대구에서 아주 유명
했지. 뒤에 국회의원도 하고 장관도 하고 그랬지 아마. 그래가 누가 그
사람 뭐라 뭐라 캐 사도 나는 욕 안 했다. 우옛든 우리 아 은인 아이가. 광
영이는 귀가 안 좋아가 또 고생 마이 했다. 중이염(中耳炎) 안 있나. 촌에

대구시 동구 방촌동에 있는 황태순의 자택 (정면의 검은색 대문). 행동에서 살림이 나면서 지은 집을 1970년 그대로 뜯어 와 한 칸을 늘려 지은 집이다. 황태순은 이 집에서 아직도 그대로 살고 있다.

황태순의 집 마당. 고향에서 뜯어 와 그대로 지은 집. 방이 한 칸 늘어난 것 외에는 고향 집과 달라진 곳이 거의 없다고 한다.

서 대구 오기 전부터 귀가 안 좋았어. 대구로 이사온 기 이런저런 이유가 마이 있지만 애들이 아픈 기 컸다 카이. 그래 대구 와가 광영이 중이염 수술할라 카이 돈이 있어야지. 그래가 촌에서 농사한 고추 가와가 리아카에 실어가 대구 시내 곳곳을 돌아댕기미 안 팔았나. 그거 모다가 초등학교 일학년 땐가 아마 수술해 줬을 기라. 그러이 그걸 보면 대구로 잘 나왔어.

할머니 처음 시집오셨을 때 어디서 신혼살림을?

큰집서 삼 년 안 살았나. 집안 식구, 동서 시집살이 했다. 시집살이가 시어머니 시집살이보다 동서 시집살이를 엄하다 안 카나. 집안 식구가 어머니한테는 잘했어. 한 번씩 내려오시면 보내 드릴 거 없어서 밥 한 그릇이라도 따듯하게 해줬어. 그건 잘했어. 어머님한테는 확실히 잘했다. 촌에 형수는 허물이 아니라 시부모라고 물도 한 그릇 올케(옳게) 안 줬다. 그건 내가 안다. 우리 형수 말도 하지 마라. 굉장히 무뚝뚝하고 남자랑 한 가지라. 지금도 내한테 가을마다 원망한데이. 그러이 내가 형님 허가 없이 빨리 살림 나가자 그랬지. 나도 간 크제? 얼마나 답답하면 살림 날라고 나무까지 베고 그랬겠노? 외국 나갈 때도 나밖에 안 나갔어. 그러이 집안 식구가 촌에 있었으면 애 키우는 데도 고생했고 광영이 저래 공부 못 시켰다. 그때는 자연히 나이 많으면 살림 내준다 카는데, 나는 형님한테 빼앗기게 되어 있어. 촌에 가 보면 그렇게 되어 있다니까. 바로 위에 형님은 사범학교 하고 계속 선생질 안 했나. 그러니까 거기는 벌써 결혼해가 대구에 나와 있었고.

할머니는 시집살이라면 이야기가 줄줄 나오시겠네요.

나는 그러거든. 나는 나가가 일절 자식에 관해서 이야기 안 하거든. 굳이 나간다면 집안 얘기는 누구한테 하지 마라 칸다. 지금도 내가 있다 없다 소리하지 말라고 해. 있다 없다 캐봤자 알 사람도 없고 집안 형편 이런 거 일절 말하지 마라 캐. 부인들 보면 있는 일 없는 일 전부 다 하거든. 나도 참 이래 물으이 그렇지, 아니면 형수 어떻더라 일절 입 안 뗀다. 내가 등산을 가거든. 등산을 가 보면 엉망이다. 칠십대 모임하고 오십대 모임하고 내가 산악회를 두 번 갔는데, 여자들 주끼는(지껄이는) 거 보면 되도 안 하는 거 주끼거든. 갈 때 올 때 계속 소주 먹어 대면서 그러거든. 내가 가만히 보면 저 미쳤나 싶어. 참말로 대단한 여자들이라.

[할머니께] 시집살이가 궁금하네요.

(할머니 : 옛날 시집살이한 사람들이 다 참말로 그때는···. 근데 나는 실지로 시집살이 그런 거 없었어. 우리 어머님이 참 인자하시고 또 우리 광영이 할매(시어머니)가 막내이 나를 넘 찌고(끼고)돌고 한 거 말고는 딴건 없어. 동서 시집은 좀 살았지. 저 양반이 장개와가 봤지만 나는 호 답하게(호강하며) 커 가지고 밥이고 음식이고 깨끗하이 먹다가, 시집와 보이 부자는 부잔데 식구가 많아 가지고 그자 보리밥을 서 말쯤 솥에 넣

효령면 오천동에 있는 대한기독교장로회 교단 소속 오천교회. 1958년 3월에 창립했고, 현재의 건물은 1982년 2월에 신축한 것이다. 오천교회를 지을 당시 황태순이 선산의 나무를 깎아 서까래를 해준 교회이며, 그 덕으로 식구들이 동산병원에 입원했을 때 오천교회 목사의 추천서로 입원비를 할인받기도 했다.

고 쌀을 한 되 안 되게 얹어가, 봐라 얼라(아이)는 얼라라고 떠 주지, 할매
는 할매라고 떠 주지, 시숙은 시숙이라고 떠 주지, 도시락은 도시락이라
싸 주고 우리는 천날만날(늘) 보리밥이야. 우리 마실 보리는 토지가 좋아
가지고 양달이고 땅이 좋은 곳이라. 그러이 보리쌀도 좋지만 이 집에는
골짝에 논은 좋은데 토질이 그래가 우리 논밭의 보리보다는 많이 못해.
찌끄러기(찌꺼기) 귀보리(귀리의 옛말) 같은 기라. 밥해 놓으면 마냥 물
이 질질 흘러. 나는 도저히 그 보리쌀로 밥을 못 짓겠는 기라. 밥을 해 놓
으마 묽고 꼬들밥(고두밥) 되고 그 밥 잘하던 내가 안 되는 거야. 그래서
광영이 태어나고 우리 집에 어머님 데리고 가가 보리쌀을 한주먹 쥐어
가지고 가가 "어머님, 어머님 우리 보리쌀 함(한 번) 보이소. 우리 집 보
리쌀은 이렇게 좋은데 난 도저히 큰집에서 밥을 못하겠습니다" 캤지.
그리고 만날 보리밥만 먹고 쌀을 아끼고 저녁으로 만날 나물죽 쒀라 그
랬어. 우리는 대소가(大小家)도 여럿이라 카면서. 무시(무) 밥도 해봤지.
무시를 얹히면 나는 밥을 안 먹거든. 좁쌀 얹고 보리쌀 놔두고 쌀을 복판
에 얹고 좁쌀 얹고 무시 얹고 밥을 하는 기라. 천상에 나는 그런 거 안 해
봤어. 쌀만 싹 보리쌀하고 쪼매 갈고 쌀만 해가 삼각밥 해가 먹고, 나물
나면 좁쌀 좀 찌가 하고. 우리는 쌀하고 노름하이 햇나물 나면 한 대래끼
(대야) 같이 삶아가 이웃 사람들하고 한 반 솥 해가 상 차려가 오는 사람
이 사람 저 사람 주고 이랬거든. 시집에는 살림은 있어도 그렇게 선심을
쓰는 것이 없는 거라. 참 인색하데. 어예 먹는 거는 뭐라도 먹는데 나는
큰 환경이 딱 틀리니까 모든 것이 안 맞는 거라. 그래서 만날 인상이 찡그
리지고(찡그려지고) [미간을 가리키며] 그래가 내 여기 미간이 이래 안
됐나. 그래도 입은 못 띠고 답답했지. 그런 게 내가 시집살이었고 딴거는

시집을 산 게 없어. 찬물로 빨래하고 그런 거는 그 세월에 다 하는 거니 말할 것도 없지 뭐.) 말은 저래 해도 애먹었다. 고생 많이 했다. 입은 안 떨어도 고생 많이 했다. 근데 나는 참 그런 거 몰랐어. 애기 키우면 먹고 싶다 그런 거, 그렇게 먹고 싶은지 요새는 알지. 그때 고기 먹고 싶어 했는데 내가 안 먹고 싶으니 그걸 모르는 기라. 그래가 '진저'라 카는 거 있어. '똑똑자반'이라 카는데 바다에서 나는 거라. 수출도 많이 하는데, 요새는 '톳'[98]이라 카데. 사 오라는 고기는 안 사 오고 흔해 빠진 똑똑자반 그런 거 사다 주니 지금도 그때 얘기하거든. 애 배가 먹고 접을 때 고기 안 사 준다고 당시에 살림 못살겠다고 그랬다. 인제는 좀 알지. 큰 미느리가 원길이 가졌을 때 뭐 먹고 싶냐고 물으이 토마토가 먹고 싶다 카는 기라. 그래 방촌시장(芳村市場, 대구시 동구 방촌동에 있는 재래시장)에 가가 토마토하고 딸기 구해서 사 줬다 카이. 정월달인가 글때메도 (그때만 해도) 토마토하고 딸기 엄청나게 비쌌어. 요새야 흔하지. [할머니가 말을 이었다.] (할머니 : 내 얘기 함 들어 보래이. 그러니까 광영이 낳고 보리밥만 먹고 나물만 먹으이 허리가 가느리해지고(가늘어지고) 낸중에는(나중에는) 물통도 못 이고 올라가겠더라. 원길이 아버지 뱄을 때 경주 놀러 갔는데 문애(문어) 저거 사 먹고 싶은데 아 아버지는 문애 안 먹을라 카는 거라. 시장 거기 들어가니까 문애 다리를 걸어 놨더만. 그게 먹고 싶은 거라. "저거 좀 사 먹읍시대" 그러니까, "천지 그거 말라 꼬(뭐 하려고)?" 카는 거라. 그때 그거 못 먹은 게 그렇게 서럽더라. 둘째 진영이 배 가지고 고등어 묵고 싶어가 좀 사가 오라 그랬거든. 고등어나 공치나 살점을 찢어가 묵고 싶어서 그걸 사 가지고 오라 그러니까 알았다면서 보리쌀이랑 쌀을 가져 나갔다니까. 꽁치를 그때는 공치라 그

위, 1962년 겨울 첫아이를 가진 후 신혼여행 겸 경주에 놀러 가
경주박물관 앞에서 찍은 사진.
아래, 같은 날 경주 안압지에서 찍은 사진. 당시 입덧으로 문어를 먹고
싶었으나 사 주지 않아 아직도 그 서운함을 토로하곤 한다. 새롭게
단장되기 전의 안압지의 모습을 볼 수 있는 소중한 사진이다.

랬어. 아 그런데 술을 진뜩 먹고 똑똑자반 나물 안 있나, 미역 말고 입에서 톡톡톡 터지는 거 그걸 사온 기라. 요새는 톳이라 카지. 톳 그기 그때는 헐했어. 그걸 사 와 가지고 얼마나 섭섭한지 눈물이 쏙 빠지는 거라. 고기 사 오라고 그마이(그만큼) 캤으면 쌀 가지고 가가 사 가지고 올 거라 생각했는데 톳을 사 왔다 카이. 그때는 살림 났을 땐데, 집은 이 집이다. 대구로 뜯어 오기 전에 원래 촌에 있던 집이었는데, 아이고 저 술은 입에 어떻게 들어갔노 싶고 골이 나가 못 견디겠는데 광영이 아버지는 막 좋다 카는 기라. 디게 멀어 카지는 못하고(아주 뭐라 그러지는 못하고) 그냥 있었다. 시어머님한테 가서 "어머님 보이소, 고기 먹고 싶어 못 견디가 내 쌀 가지고 가서 고등어 삼만원치 공치나 사가 오라 카이 똑똑자반 나물 이거 사가 왔구마!' 카이, 어머님이 "저 엉뚱한 게 우예 그마이 캐도(그만큼 말해도) 못 알아듣노" 캤다 말이다. 요새는 톳이 고기보다 더 비싸데. 테레비에 보니 요새 남자들은 마누라가 뭐 먹고 접다 카면 밤중에도 고구마 사러 가고 그라던데.) 잘 몰라서 그래 안 했나. 그때 며늘들은(며느리들은) 밥 다 떠 주고 나면 죽게를(주걱을) 슥 끌거가(긁어서) 바갈 정제서(부엌에서) 바가지에 밥 담아가 걸치 앉아가 먹지 어디 방에 들어 오노? 밥 가져온나, 물 가져온나 그러는데 방에 들어와서 먹을 수 있었나? 그만침 고생하고 그랬어. 사랑에 아버지 있으이 우리 형수도 방에 안 들어왔어. 큰방에 상을 서너 개 피 놓으마(펴 놓으면) 남자들 카마 조카들까지 거서 밥 묵다가 여 물 가온나(가져와라) 저 물 가온나 카면서 시키 대는 기라. 그러면 밥 물 새나(밥 먹을 시간이나) 있나?

큰아들 결혼해서 같이 있었습니까?

우리 옆방에 안 있었나. 그라다가 살림 날 때 내가 나가라 그래서 나갔다. 니 나가라 그랬어. 요새 애들 독립하는 거 좋아하데. 나가는 거 좋아하더라고. 부모 모시는 것도 그게 천심이어야 되지, 천심 아니면 안 된다. 가정교육도 잘 받아야 되고. 가정교육이라고 하는 게 꼭 가르쳐야 되는 게 아니라 친정 부모들이 하는 거 보고 배우는 그게 전부 교육이라. 보는 거 듣는 거 그게 다. 내가 열심히 살았으이 원길이 애비가 사회 생활은 잘하는 거 같기도 한데, 나는 그런 것도 몰라.

이 집 고부 사이는 어떻게?

안식구가 머리가 잘 돌아가. 그러니까 오히려 미느리(며느리)하고 잘 안 맞는다 카니까. 원래 시어마이 용심은 하늘이 낸다 카디, 우리 딸 옥이를 생각하고 잘하라 캐도 절대 못한다고 하더라고. 내 막 멀어 카거든(뭐라 하거든). 그래도 안 돼. 나는 미느리 오면 주고 잡고(싶고) 귀한데 어쩌노? 시어마이는 나쁘다 캐도 나는 얼마나 좋은데. 옛날에 미느리 사랑은 시아버지라고 했어. 우리 미느리가 손자손녀 훤칠하게 나(놓아) 줬잖아. 요새 아들 보면 아주 우쭐해. 저거 아들 좋다고 우쭐해. 이제 중학생이 키가 백팔십이고, 밑에 딸내미는 애교도 많고 귀여버. 우리 며느리들 보면 막내며느리는 눈치 빠르고 말도 잘하이 보기 좋아. 맏며느리는 맏며느리답게 무던한 게 있는데 어머니하고는 안 맞는 게 있을 기라. 나는 귀여운데.

소 한 마리 판 돈 믹이가 마루보시 드갔다

대구 처음 오셨을 때 처음 자리 잡은 곳이?

대구 나와가 첨에는 신암 사동 넘의 집에 있다가 이래가 안 되겠다 싶

어가 촌에 있던 집을 뜯어 왔지. 이 집이 그 집 아이가. 그때가 네 칸인데
여 와가 한 칸 더 냈지. 지금 우리가 얘기하는 요(이) 방이 신혼살림하던
데 아니가. 나는 여 있어 보니 몸에 배기 가지고(배여서) 편해. 남이야 뭐
라 그래도. 새집 지어서 사는 거보다 익숙하고. 신암 사동에 온 거는 그
때 종 누부(종 누이)가 있어 가지고. 그때는 전세나 뭐 그런 기 아이고 달
세였어. 그때가 동대구역(東大邱驛)⁹⁹⁾ 여기를 한창 개발할 때라. 가만 있
자, 대구로 온 게 광영이 몇 살 먹어가 왔노? 광영이가 초등학교 여 동촌
와가 다녔으이 칠십년도 전훈가? 고때 당시에 광영이 학교 다닐 때는 칠
십일년? 동대구역 공사한 거는 육십팔년 정도일 기라. 그때 동대구역 새
로 짓는다고 한창 마 건축작업 했어. 거 직접 공사 그래 했지. 그래, 그거
하이튼 그때 하루 일당을 얼마 받았나 카면 이백오십원이거든. 이백오
십원 카면 요새 애들은 푼돈이라 카겠지만 그때는 큰돈이다. 일은 일곱
시부터 시작하는데 공사장 거가 바로 곁에 있는데 아침 네시 반 돼 가야
삽이라도 잡아 일하지, 아니면 일 못하는 기라. 그러이 인자 공사하는 업
체 일꾼들 아침 일찍 가서 삽을 잡아야 일하는 기라.

대구로 이사 나오시게 된 무슨 계기라도 있었습니까?

여러가지 있었을 기지만 아무래도 애들이 자꾸 아프고 한 거 때문이지
뭐. 큰애는 귀가 안 좋고 작은아도 그렇고 딸내미도 자주 아프고 해가 큰
걱정이라. 안식구가 동서 시집살이에 시달린 것도 있고. 참 그때 우리 집
터가 안 좋았어. 거가 기가 세다 캐야 되나. 집 앞마당이 겨울 되마 볼록
해지는 거라. 아마 밑으로 물길이 흘렀던 모양이라. 요새 그거 수맥이라
안 카나. 그카다가 다시 봄이 되마 실 녹아가 땅이 푸석푸석해지면서 또
폭 꺼지거든. 그러이 만날 소도 잘 아프고 애들도 아프고 그랬다니까. 그

랬는데 대구로 딱 이사를 와가는 애들 뭐 크게 아파 본 적이 한 번도 없다 카이. 애들 안 아프이 마음이 편하데.

동대구역 지을 때 일하셨구나. 지나다니실 때마다 생각나시겠네요.

그래. 근데 그거 질(지을) 때 거 고생 말하지 마라. 거 세멘 믹사(mixer, 자갈과 모래를 시멘트와 섞는 것) 할라고 자갈하고 모래 비비 열라(비벼 넣으려고) 카먼, 그노무 리어카를 끌고 가가 모래하고 자갈 빨리 퍼 담아 가 갖다 놓고 해야 되는데, 모래는 잘 뜨이는데 자갈이 잘 안 돼가 애를 묵었어. 그때도 하마 전주(電柱)에 올라가서 전기공사하는 전공(電工, 발전, 변전, 전기 장치의 가설 및 수리 등의 작업에 종사하는 직공)들은 일당 팔백원 받고 점심 먹여 주고 담배 다 사 주고 그랬어. 우리 일당이 그때 이백오십원이니까 전공들은 참 아주 단가 좋았지. 요즘 전공들은 회사서 일해 봤자 일당 한 십오만원밖에 더 못 받거든. 그렇지만 요즘도 뭐 목수 같은 거 미장 같은 거 십이만원, 미장에 막노동도 팔만원씩 받거든. 그때 전공들이 우리보다 일당도 세 배가 넘었고, 회사서 점심 먹여 줘 가며 담배 줘 가며 일 시킷지. 그런데 하이고 전공 일이 해보마 힘 든다.

구체적으로 어떻게 하는 겁니까?

전주를 세우는데 지금처럼 기계 없다. 전주 이제 한 십 미터 같은 거 눕히(눕혀) 났거든. 여 이제 구덩이를 파 났는 기라. 왜냐하면 밑을 놓는 기라. 이놈을 맨땅에서 바로 세울라 카먼 안 되거든. [그림을 그리며] 나무를 이래 매는 기라. 여 매 가지고 이제 끝에부터 해가 이제 줄 댕기마 쪼매 올라오면 서고 쪼매 올라오면 서고 다 세워 가지고는 묻는 기라. 노코자(놓고자) 하면 댕기고 댕기고 그러이 이게 사람 힘이 얼마나 드노? 인력으로 그래 했는 기라. 여 이제 나무를 이제 양쪽에 매고 그랬는 기라. 전주 이렇게 양쪽에 나무를 해 가지고 그래 여 줄 매는 기라. 여다 줄을 매 가지고 한쪽에 서이서(셋이서) 붙어가 당기면 서는 기라. 그래 했다 카이. 요즘 그래 한다 카마 공사도 늦고 인건비 많이 들어서 안 돼. 힘이 들어 안 된다 카이. 전주 저거 큰 거 하나 무게가 이 톤, 삼 톤 나갈걸? 무겁다 카이 그런 거는. 그러이 거다가 두 번 매는 기라. 여 짧게 해가 댕기 올리고 서이서 해가 육 명이다 아이가. 또 한 구미(한 조나 한 세트를 뜻하는 일본말) 하면 십이 명이다. 쪼매큼(조금만) 서고 쪼매큼 서고 그래 하는 기라. 그래 세웠다 카이께네.

그럼 어르신은 주로?

어 줄 땡기지. 우린 잡고. 노코자 하고 땡기마 이래가 땡기면 요만치 서고 요만치 서고 줄 땡기면. 시멘트 섞는 것도 하고 줄 땡기는 것도 하고. 전주 구덩이는 이제 한 구덩이에 얼마씩 돈 내기 그런 거 했지. 전주

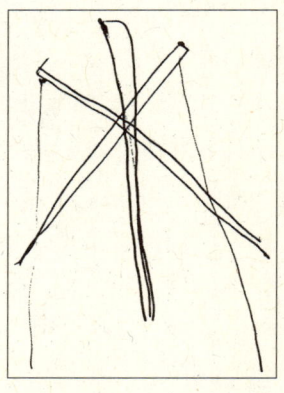

동대구역 개발 당시 전공(電工)들이
전주를 세우는 모습을
황태순이 직접 그린 그림.
설명은 본문 참조.

를 몇 개 세우든 간에 이제 하루 일당제로 해가. 이것도 일하는 사람이 많아 가지고 새벽 일찍 가야지, 일찍 안 가면 일이 없어서 못한다. 그러이 공사 현장에 빨리 가야 하는 기라. 참 요새 이야기하자마(하자면), 요즘 일 없다 해도 지만(자기만) 부지런하마 다 할 수 있어. 딴 데보다 경주로 영천으로 저기 많거든. 현대자동차 협력업체 하면 주야로 하니까 힘들어가 일 안 할라 그래. 야간에 일하면 엄청 고디거든(고되거든). 그러고 보이 동대구역 고거 짓는 데 한 일 년간 일했네. 신암동 살 때 그걸 했지. 고걸 하다가 여 본역에 마루보시 했다. 마루보시 그것도 일이 엄청나게 디다(힘들다). 배운 게 뭐 있노 내가. 그러이 몸 가지고 힘쓰는 거배께 더 있나?

마루보시가 뭡니까?

마루보시[100]라는 거, 일본말로 마루보신데 대한통운 카는 데 열차가 오면 거 이제 사람 타는 객실이 있고 화물열차도 따라 오거든. 화물열차 들어오마 거 이제 짐이 꽉 들어차 있거든. 그거 부롯고(내리고) 싣고 하는 그기 마루보시라. 그게 일이 엄청 디거든. 거기 마루보시 자리 얻어가 드가는(들어가는) 것도 힘들었어. 거 들어갈 때 얼마 들었냐 하면, 나도 거 소 한 마리 팔아가 드갔다(들어갔다) 카이. 그 먼저부터 내가 일 없어가 논 기 한 육칠 개월이라. 그러이 거기 드가는데 육칠 개월 걸린 기지. 그때 보자, 보리쌀 한 섬에 오천원 갈 때 내가 거 오만원 주고 들어갔으이 보리쌀 열 섬이다 열 섬. 그래도 거 아무나 못 드갔다. 자리 없다 카이. 거 일이나 수월나? 그 일은 천상 삽질, 곡괭이질, 미고(메고) 뛰고 이래 하이 이거 천지 안 하는 일 없다. 정말 중노동이라. 전에 거 세멘(시멘트) 한 포(포대)에 사십이 키로(킬로그램)거든. 근데 오십 톤 한 배가 천이백오십 포거든. 그걸 인제 일 많으마 고마 한 사람한테 거기에 가라 카는 기라. 그라마 거기 가서 그 많은 걸 혼자 다 들어내는 거야. 세멘 천이백오십 포면 우리 집채만 해. 그래도 그거 이제 한 오전 여덟시부터 해가 한시면 끝나거든. 그러이 그거 끝나고 와 뿌면(와 버리면) 그 뒤에 또 와가 일한 사람은 밤 한 열시까지 하는 기라. 밤 열시꺼정. 참 일 엄청나게 씨게(세게) 했어. 그래도 돈 못 벌었지. 그러이 어떻게 하든 먹고사는 게 걱정이었지. 그때 실지 공장에 취직해가 일하고 싶어도 대구에 공장이 어딨었노, 공장이 없었다.

그래도 어르신은 직장이라도 있었네요.

그렇지. 거 드갔다 카이 모두 좋은 데 드갔다 카더라고. 그 당시 먹고, 살고, 자고 하는 물건 안 오는 게 없어. 먹는 거 입는 거 다 온다 카이께네. 오징어, 미역, 과일 같은 거, 엿까지 천지 먹는 거 안 오는 거 없어. 그러이 뭐 필요한 기 있으마 거 슬쩍 드가가 가오고 했지. 오다 보이 깨진 것도 있고 정종 그것도 오면 부러(일부러) 깨 가지고 바께스 갖다 놓고 그래가 뭐. 일은 디도 또 그런 기 있었지. 고마 쪼매 하다 먹고 싶으마 고마 식당가가 묵고 하고, 묵고 하고. 그러이 시간은 잘 가고 일은 힘들었어. 세멘하고 쌀가마니 팔십 키로거든. 그거를 가데이 카는 데 첨 가서 미면(메면) 어쩔 때는 어깨 버져(벗겨져) 가지고 피가 나 가지고 여 수건을 뚜껍하이(두껍게) 갖다 대고 그래 그걸 배웠다. 그것도 거 첨 가면 새신랑이라 카는데 거 이제 잔치를 해야 돼. 일개 조가 삼십 명인데 근 한 팔십 명 되지. 그래가 잔치할라면은 이제 팔십 명 먹도록 돼지 다리고 뭐고 찌지고 볶고 막걸리도 먹고 식당해 가지고 하면은 거의 한 달 월급 반이 날라간다고. 그래 놓고 나면은 좀 살살 미 주고 그렇지 않으면 까꾸리(갈고

위 왼쪽, 1973년 여름 무렵 구미 금오산에 마루보시 동료들과 놀러 가서 찍은 사진.
서 있는 줄 왼쪽에서 세번째가 황태순. 두번째 줄 왼쪽에서 세번째가 부인. 뒷줄
오른쪽 끝에 있는 동료 이외에는 대체로 황태순보다 연배가 높아 현재는 모두 고인이
되었다고 한다.
위 오른쪽, 같은 날 부부만 찍은 사진.
아래, 1973년 가을 무렵 마루보시 동료들과 어느 절에 놀러 가서 찍은 사진.
황태순은 뒷줄 왼쪽에서 세번째.

리)에 찍어 가지고 고마 팔십 키로를 확 집어던지는 기라. 그라마 그걸 받아 민 사람은 오래된 사람은 미고 첨 든 사람은 퍽퍽 엎어진다. 그런 식으로 애먹었다 카이께네. 그 참 옛날 아이가. 전부 다 그렇다. 옛날에는 또 수송하는 기 철도 외에는 빌로(별로) 없고 전부 철도 아이가. 근데 여 고속도로 나고서는 고마 짐이 없어졌어.

마루보시는 몇 년간이나 하신 겁니까?

그래도 한 팔 년 했지. 그것도 참 일도 많고 탈도 많았지. 그때 분회장 카는 젤 높은 사람이 있었어. 이놈이 부정(不正)이 있어 가지고 거 우야다 보이(어쩌다 보니) 내가 대표가 돼가 법정소송을 한 일 년 했는데, 내가 이깃거든. 비유하자면 참말 대통령하고 말단 민간인하고 붙었는 거나 한 가진 기라. 보통 분회장 하면 거정(거의) 백팔십 명 되는 데서 최고 왕인데, 사람을 지 마음대로 부리거든. 니 내일 놀아라 하면 놀아야 돼. 그런데 보이께네 하도 부정이 많아 미치겠더라. 이래 안 될다 해 가지고 그래 한 일 년 넘게 소송해 가지고 이기 가지고 그 사람 모해 먹고 나갔거든. 그라고 나이(그렇게 하고 나니까) 자꾸 내 보고 분회장 하라는 걸 내가 안 했어. 직접 독립운동을 한 사람은 목숨 내놓고 독립운동을 했지만 그 사람들이 우리나라 나와 가지고 좋은 빛을 본 사람들이 어딨노? 나도 그래 되기 쉽거든. 그래가 안 했어. 거기서 일하는 사람이 한 오십 명 되는데 내가 전부 앞서서 했다. 독립운동 한 거 한가지라. 우리가 그때 동부 지역인데 중앙정보부에서 우리를 담당하는 사람이 이천보라고 벌써 있더라고. 동부는 동부 담당, 서부는 서부 담당 카면서. 그래 중앙정보부 담당자한테도 불리 갔고, 동대구 경찰서에도 불리 갔제. 여 경찰서도 불리 갔제. 가서 조서를 받는데, 조서 받을 때 한 번 말한 걸 고대로 기억해

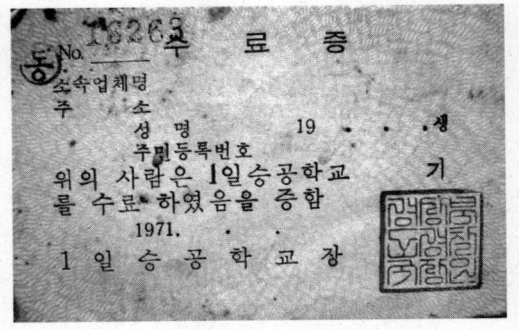

No.
동
수료증
소속업체명
주   소
성   명   19   .   .   생
주민등록번호
위의 사람은 1일승공학교
를 수료 하였음을 증함
1971. .
1 일 승 공 학 교 장

1971년 마루보시에 취직하고 나서 1일 승공학교에 교육을 수료한 후 받은 수료증. 황태순이 가지고 있는 몇 안 되는 증명서 중 하나이다. 그러나 이름도 날짜도 무엇 하나 제대로 기재되어 있는 것이 없다.

야지 쪼매라도 틀리마 형사들이 눈을 흘기면서 째려보는 기라. 몇 번이나 갔는지 몰라. 고마 일주일에 한두 번씩 갔는 거 같애. 참 부정 저지른 나쁜 놈은 가마이 놔뚜고 우리만 괴롭히는 거야. 요번 소송에 동의한다는 직인 다 받아가 마지막에는 그러이 운수노조 지부하고 전국하고 우리하고 맞붙었는 기라. 그래 노이 마 서울본사 조직부장 하는 말이 그러마 중앙정보부에 빽 쓸 거라고 경찰한테 시키가 협박해 샀데. 근데 내가 그럴 줄 알고 철두철미하게 사람들한테서 분회장이 부정을 했다 카는 각서를 받아 놨거든. 그래 그걸 보이주면서 사실 이렇다 그러이 꼼짝을 모하잖아. 내가 사람들한테 우예 각서를 받아 놨노 하면, 사람들 살살 꼬시가 친하이 해가 술도 받아 주고 해 가지고 받았지. 실지 분회장 저놈이 부정이 하도 많으이 함 때려 잡을라고 그래 받아 놓은 긴데, 결국엔 이기고 하이 중앙정보부 이천보 오디만(오더니만) 그러지 말고 돈 한 이백만원 줄 참이니까 고마해라 카면서 구슬리는 기라. 난 그래 못한다 그랬어. 왜냐카면 각서 써 준 내 밑에 오십 명쯤 되는 사람들 그 사람들 다 갔 부는(가 버리는, 즉 잘리는) 기라. 그래가 고마 내가 그만둬 뺏어(버렸어).

1975년 가을 무렵
마루보시 동료들과
놀러 가서 찍은 사진.
뒷줄 오른쪽 끝이
황태순. 앞줄 맨 왼쪽은
목포 사람 곽구호,
중간은 김희열, 황태순
바로 앞은 동갑이었던
김재문으로 기억하고
있다. 대구본역에서
동대구역으로 옮길
즈음으로 보인다.

1976년 5월
마루보시 시절
경남 합천 해인사로
여행을 가서 기념으로
찍은 사진으로 뒷줄
왼쪽에서 두번째가
황태순이고
그 앞이 부인이다.

5. 뒤돌아보고 싶지 않은
사우디 담맘 항

1979년 아이들의 학비를 마련하기 위해 사우디에 가기 직전 가족들과 기념으로 찍은 것으로 해외 취업에 대한 설렘과 굳은 의지가 표정에서 잘 나타나고 있다.
황태순의 오른쪽은 큰처남.

담맘에서 널찌는 세멘포에 깔리 죽을 뻔 했어

사우디는 언제?

마루보시 할 때 가마이 보이께네 친구들이 해외 간다 카면서 칠십육년부터 사우디, 쿠웨이트, 리비아 간다 카는 기라. 그때 당시에 갈 때 우리나라에서는 월급쟁이 하면 보통 얼마 받았는지 아나? 그때 여서 십이만원 받으면 사우디 가서는 사십만, 오십만 벌으이 서로 갈려고 하는 기라. 해외 개발공사 가 가지고 거 드가 가지고 대한통운 본사에 한 삼십만원, 사십만원 써야 가거든. 거 드가 가지고도 신체검사 하고, 사진 한 오십 장을 찍어 가지고 갔는데 그기 거의 다 들어가데. 그만치 절차가 꼬드라웠어(까다로웠어). 그래 가지고 내 친구들이 육 명인데 너이나 갔는 기라. 사우디 갔는데 가마이 있어 보이 나도 한 번 가야겠구나 싶더라고. 그래가 한 열넉 달 만에 왔지만 그래도 내 사우디에 가가 돈은 벌었어.

사우디는 친구 소개로 가신 겁니까?

어언지(아니). 거는 대한통운에서 모집했는데, 마루보시 할 때는 워낙 일을 잘하다 보이 주변에서 내 보고 일 잘한다 캐가 그래 갔지. 그래도 신체검사 해가 될 사람은 되고 안 될 사람은 안 되고 그랬지. 그때 나는 갈 때 늦게 가가 돈은 안 주고 내가 한 일 년 반 기다려가 갔고, 내 친구들은 그 사이에 서너 번 갔다 왔어. 근데 그 사람들 돈 벌어 봤자 돈 벌인 표가 없더라고. 뭐 네 번 갔다 온 친구는 마누라가 바람나가 돈 다 때리 무 뿌고(먹어 버리고) 아파트도 다 팔아무 뿌고 그랬지. 참 그런 기 많았어. 그래가 뭐 지금은 달서구에 있는가 어디에 있는가 모르겠다만, 하여튼 근데 거 안 그러나. 마누라 바람난 친구 보고 나이께네 다시 사우디 못 가겠더라고. 두번째 갔다 온 친구한테 "친구야, 너 돈만 생각하지 말고 마누라도 생각하고 가족도 생각해라" 캤는데, 그걸 그 사람이 못 알아 먹더라니까. 그걸 바로 몬카지(못 이야기하지) 우예 카노. 그래 거 마누라 바람 피고 하는 거 확실히 봤으만 카지만 증거 없이 못카잖아. 그래 안 그래? 우리도 거 이십오만원 돈 빌리 줘가 낸중에 받는 데 애먹었다. [할머니를 가리키며] 안식구가 결국 그걸 받아 냈어. 광영이 엄마 저 여자 보통 넘는데이.

사우디 가실 때 비행기 첨 타보신 거죠?

그래 거 비행기 칠사칠[101]이지. 여 우리가 김포공항에 들어가 가지고 대만(臺灣) 내리(내려) 가지고 태중보관호텔인가 이름이 그랬는데 거 가 이께네 화장실에 타올(타월, towel) 카는 기 쫙 걸리 있고 좋더라고. 거서 하룻밤 묵었는데 첨에 거 가이 부페인 기라. 뭐 거창하이 채리 놓고(차려 놓고) 해 놨는데, 이 사람들 부페에 처음 가 보이 뭘 몰라가 음식을 엄청시리 많이 받아 가가 반절도 못 먹고 그냥 내놓고 그랬어. 호텔에 드가마 보통 냉장고 안에 양주 들었는가 안 그러나. 뭐한 사람은 다 내 먹고 비행기 뜰 때 되이 호텔서 돈 내놓으라 카는 기라. 우야노, 친구들한테 빌려가다 갚아 준다고 애먹은 사람 있다. 아 그거 다 돈인지 모리고 먹으라 카는 줄 알고 내 먹고 했제. 우리는 꽉 틀어 잡고 함부로 안 먹었어. 거 엄청나이 비싸더라고. 참 비행기에서 이래 날바다보이(내려다보니까) 바다에 배 가는 거하고 물살 같은 건 잘 보이데. 저기 필리핀 같은 데 인도네시아 같은 데 가다 보면 밑에 큰 나무 비 난(베어 놓은) 게 쭉쭉 보이더라 카이. 그래가 싱가폴에서 쉬 가지고 바로 사우디 갔지.

1978년 마루보시로
일하다 해외취업을 한 동료
부부들과 영천 은해사에 가서
찍었다. 앞줄 왼쪽에서 두번째
부인을 제외하고 모두 남편이
사우디에 취업을 갔는데 이 중
결국 바람이 나서 패가망신한
사람도 있다. 일 년 뒤
황태순도 사우디로 떠나게 된다.

1978년 영천 은해사에서
함께 사진을 찍었던 마루보시
동료 부부들과 20년 뒤
다시 가진 계모임을 가진 후
찍은 것이다. 1998년 5월 24일
달성군 가창골짜기.

사우디 가서서는 무슨 일을 하셨습니까?

거도 맹 배야. 배 말도 하지 마라, 하이구. 참 세멘이 오십 키로인데 그기 제법 모줄(묵직)하거든. 세멘 싣고 온 하찌(허치, hutch) 카는 화물칸 깊이가 십이 미터란 말야. 근데 거 세멘을 싣고 왔는데 만지다 보면 미끄러져가 고마 세멘이 그 밑으로 떨어지면서 거기 빠지는 거야. 그라마 다시 내리가서 꺼내 와야지 우야노? 그래 가지고 날은 덥긴 덥제, 오십 키로 그거 참 꺼낼라 그러이 얼마나 힘드노. 참 엄청나이 뒀다(힘들었다). 거가 담맘(Ad-Dammām)[102] 부두라꼬, 그 부두가 보자 배 대는데 길이로 말하면 보자 한 십이 키로 된다. 왔다갔다 하는 기. 배 여러 대거든. 나는 공사 현장에서 일한 기 아이고 부두에서 하역했다. 대한통운 하역작업 하는 데. 거 들어가면 천지 없는 거 없어. 거기 콩알 안 있나, 콩 껍디기 꿉

1980년 여름, 담맘 항 바닷가에 있었던 '대한통운 중동지점 하계휴양소' 앞에서 기념으로 찍은 사진.

'대한통운 중동지점 하계휴양소' 앞에서 해수욕을 즐기는 모습.

140 황태순 1935년 11월 21일생

었는(껍데기 구운) 거 그것도 전부 들어가더라. 거는 모도 수입하더라 카이. 그거 맛있거든. 거는 또 맥주가 거품은 나는데 도수가 없는 맥주거든. 뭐 맥주 같은 거, 펩시콜라 같은 거, 음료수잔 같은 거, 천지 안 들어오는 게 없어. 거는 뭐 전부 수입해야 되이까. 특히 저 독일제 벤츠 같은 거 안 있나. 차 함 보래이. 참하다. 차 옆풀떼기(옆면) 이런 데 못 가지고 긁을라 안 카나? 그래도 안 긁힌다. 그기 잘해 놨다 카이께네. 근데 도자(불도저) 같은 거는 보마 미제가 실하게는 만들어 놨는데 시동이 잘 안 걸리더라. 일제는 시동이 잘 걸리는데 쪼매 덜 실하고. 근데 세멘 하역작업할 때 위험한 기, 세멘을 보통 오십 포썩(포씩) 올리거든. 한 조에 둘이 드가가 하거든. 그래 올리는데 한 번은 보이께네 올라가다가 어디 걸거쳤는지(걸렸는지) 고마 오십 포 한목(한꺼번에) 다 떨어지는 기라. 거기서 딱 한 발 딛고 올라서서 나오자마자 오십 포가 다 떨어진 거야. 이건 뭐 폭탄 한가지라. 그래도 안 죽은 거 보면 참. 거 보마 흔히 올라가다 널쩌(떨어져) 가지고 세멘포(시멘트 포대) 같은 거, 밀 같은 거, 밀가루 포대 같은 거 십이 미터쯤 널쩌 봐라, 즉사하지. 그래가 널찌는 세멘포 같은 데 맞아가 죽은 사람 많아. 그런데서 안 죽었으니, 내 속으로 '야 하느님이 돌봐 주셨나, 조상님이 돌봐 주셨나' 캤다. 전라도 아하고 나하고도 한 번 고걸 겪었는데, 야 그때 이래가 죽는구나 싶었다. 세멘 오십 포 터지니 아무것도 안 비는(보이는) 기라. 돈은 벌어도 위험한 작업이었어. 거 사우디 와 가지고 그래 돈 벌어가 보내 노이 안식구가 그걸로 금호(琴湖, 경북 영천시 남부에 있는 읍. 경부고속도로가 읍의 동남부를 지나감)에다가 논 오백열세 평을 샀더라고.

그때 맏이가 중학교 다닐 때죠?

그래. 큰애가 청구중학교(靑丘中學校, 대구시 동구 신천동 소재 남자 사립중학교. 1955년 개교) 댕겼는데(다녔는데) 한 번은 선생이 오라 카는 기라. 그래 동대구역에서 비 맞고 일하다가 광영이 학교에 가니까 선생이 "어데 보낼란교(어디 보내시렵니까)" 그러더니, 학부형을 쓱 보이께네 인문계 보내면 대학을 가야되는데 대학 보내면 시킬 입장이 못 될 것 같아 보인 모양이라. 나는 못 배웠지만 내가 자식 하나라도 다만 공부시키고 싶다 카니까네 딱 보디만 대구공고(大邱工高)[103] 가라 그러는 기라. 그래가 대구공고 안 넣어 줬나. 그때 학교에 온 학부형들 보이 부모님들도 가다마이 쫙 빼입고 치마 쭉쭉 빼입고 하더라고. 내가 제일 허름하이(허름하게) 갔는 기라. 그날 일을 겪고 참 내가 돈을 벌이야겠다고 생각한 거야. 실지 내가 사우디 갈 때도, 그 당시 애들은 많고 하니까 이래 가는 도저히 공부를 못 시키겠구나 그래 생각하고 있었거든. 그래도 우야든동(어떻게 하든지) 광영이 고등학교 공부는 시킬라고 사우디에 간 기라. 거서 한창 일하고 있을 때 안식구가 논 샀다고 전화 온 거라. "애들 공부를 시킬라면 돈 있어야 되는데 사지 말라 카이 와 샀노?" 그랬는 기라. 그걸 평당 사천오백원 줬거든. 제일 나쁜 데로. 도로 가세(가에) 물도 나쁘고 한데 그런 데라. 근데 땅값이 올라가더라고. 안식구는 한 천이백만 있으면 근처 땅 더 살라 카더라고. 내가 안 된다 캤어. 광영이 공부를 시킬라면 여윳돈이 있어야 된다 카면서. 그때 광영이 공부 안 시키고 샀으면 부자 됐 버린 기라. 거 요새 몇 십 억 되지. 거기 무신(무슨) 여고가 섰나 하면 거기 무학여고(舞鶴女高)[104]가 선 기라. 고거 샀으면 돈 끌었지. 그때 그 땅 못 사게 했다고 요새도 한 번씩 툴툴거린다 카이.

사우디에는 얼마나 계셨습니까?

일 년 하고 이 개월밖에 더 못했어. 대한통운이 왜 그러냐 하면 거도 입찰제다 보니까 우리나라가 인도 같은 저임금 나라 회사에 밀려 버린 기라. 처음에 미국놈이 하다가 입찰 보니까 우리나라한테 밀렸고, 우리나라가 또 인도 애들한테 밀리고. 거는 우리나라보다 임금이 더 낮으니까 우리가 못 이기(이겨).

임금을 여기보다 얼마나 더 받았습니까?

여보다(여기보다) 삼십만원을 더 받았지. 인도 애들도 같이했거든. 우리가 천이백 명쯤 되는데 인도 애들을 한 삼십 명 했어. 가들은 한 달에 십만원밖에 안 줬거든. 일은 같이해야 되는데 가들은 디기 안 했어. 너거와 일 안 하는데 카면, 다 같이 일하는데 당신들은 월급 많이 받고 우리는 뭐 어쩌고저쩌고 카는 기라. 그라마 대 놓고 카는 기라. 너거 나라는 국민 지엔피(GNP)[105]가 낮잖아 그러면 그건 또 맞다 그러데. 우리는 카셋 뜨 라지오(카세트 라디오) 말이야. 소니 오백팔십 카는 기 제일 좋았어. 우리는 그래 이런 거 사는데 임마들은(이 녀석들은) 라지오 요만한 것도 못 사는 기라. 월급이 적어서.

숙소는 어땠습니까?

숙소는 좋았어. 근데 인도 애들하고 같이 있어 보이 열대지방 애들이 게으르더라. 우리나라 애들은 자고 나 가지고 어데라도 가 가지고 꽃나무 같은 거나 잔디 같은 거 캐다 심어가 가꾸고 카는 데 가들은 안 그래. 청소도 안 하고 아주 게으르더라. 숙소에 에어콘이 미제 유에스에이 (USA) 이게 참 좋아. 여름에는 찬바람 나고 겨울에는 열풍이 나오는데 그 에어콘 참 좋더라. 담맘 거는 참말로 비 안 오데. 정월부터 삼월달까

1981년 1월 2일. 사우디
담맘 고원에서 찍은 사진으로
사우디를 떠나게 되어
시원섭섭한 마음으로
찍었다고 한다.

1980년 사우디 담맘 항
근로자 숙소 앞에서 찍은
사진. 뒤에 보이는 꽃밭은
우리나라 근로자들이 구해 온
꽃씨로 심은 것이다. 인도를
비롯한 열대지방 근로자들은
매우 게을렀던 것으로
기억하고 있었다.

1980년 사우디 담맘 항
근로자 숙소 내부 모습.
당시로서는 귀한 전자제품이던
제너럴 일렉트릭 사의
전기 포트가 보인다. 미제
에어컨 덕에 숙소는 상당히
시원했다고 한다. 그러나
사막에서의 작업으로 얼굴이
검다 못해 윗부분이 붉게
익은 것처럼 보인다.

144 황태순 1935년 11월 21일생

지는 비 좀 오고 사월달부터 비 일절 안 온다. 겨울엔 얼음도 안 얼고 춥진 않은데 그래도 날이 쌀쌀하다. 더울 땐 또 억시(아주) 덥다. 그대로 놔뒤도 한 사십오도 올라가. 그거배께(밖에) 더 안 올라가데? 일하다 얼굴 문때(문질러) 보면 소금이 쓱 흐르지.

그런 곳에서 시멘트를 다 들어내고 옮기고.

그래 다했지. 강냉이(옥수수) 백 키로거든. 거 근수로 몇 근이고 하면, 보자 그러니까 백 키로면 근수로 몇 근 되냐 하면 마대 푸대(포대)로 백 칠십 근 안 되나. 바쁘면 혼자서 내도록(계속) 작업하거든. 안 하고는 안 돼. 꼼짝도 못해. 그래 해도 내가 허리는 괜찮애. 남 보기에 빼빼해 비도(보여도) 남보다 밑지지는 않았어(않았어).

음식은 먹을 만 했습니까?

양식(洋食)을 했는데, 양식 해 놓으이께네 우리는 참말로 못 견디겠더라. 양식을 한 삼 일 묵으니까 못 묵겠는 기라. 그래가 이래 가는 일 못하겠다 하니까 한식(韓食)으로 바꿔 주데. 그때 김치 오면 그놈의 김치 그기 얼마나 고급이고? 양식 억지로 묵다가 김치 왔다 그러면 항금썩(많이) 바로 안 먹나. 국수 수북하이 해 놓으면 한 양푼씩 넘게 먹는 기라. 우얏튼(어쨌든) 인자는 돈 주고 가라 캐도 거기는 안 간다. 왜냐하면 사람이 살아가는 데는 자연환경이 가장 좋아야 돼. 거기는 한 시간 두 시간 가 봤자 풀 한 포기 볼끼가(보겠나), 나무가 있나? 전부 모래뿐이고 땅 밑에 참 흑진주, 그게 참 석유 나서 그렇지 천지가 쓸모없는 땅이야. 거 뭐 할 거고.

위, 1983년 황태순이 사우디에
갔다 온 후 처음 나들이를 가서
부인과 찍은 사진. 부인은
이때 비로소 한복을 벗고
양장으로 한 벌 옷을
빼입었다고 한다.

아래, 1983년 8월.
'제일농기구' 에서 일하던 당시
짬을 내 포항 송도해수욕장에
해수욕을 가서 찍은 사진.

고생 끝에 좀 살 만하이 고마 아이엠에프 터지데

사우디에서 돌아오셔서는 무슨 일을 하셨습니까?

칠십구년에 갔다가 팔십일년도에 나와가 누님집 가 가지고 농사 때 약 치는 농기구, 그거 맨드는 '제일 농기구' 라고 거기서 팔 년 정도 일했지. 근데 있어 보이 안 좋아해 가지고…. 농기구라 캐가 오만 농기구 다 맨드는 건 아이고 논에 약 치고 하는 거, 들러메고 하는 거, 모타 돌려서 약 치고 하는 거 그런 거 만드는 데였지. 기계 조립해 놓으면 내가 물이 잘 나가나 못 나가나 그거 하고, 창고장 비슷하게 해가 들어오는 거 관리하고 나가는 것도 관리하고 그랬지. 근데 내 참 허물이 아니라, 그것 가지고 하다가 우예 "누님, 내 나갑니다" 그러니까 "아이고, 자네도 딴 데 가 봐야지" 그러는데, 내가 그카마(그렇게 말하면) "자네 월급이 적으나?" 그래야지, 절대 그 소리 안 하고 그 집 아도 "아재 나갈랍니까?" 소리도 안 하더라. 그래서 난 한 오륙 년간 연락도 안 했다. 저거 잘산다고 뭐 몇 해를 가도 월급 적어도 뭐라 칼(할) 수가 있나. 이놈의 일요일마다 공장에 가서 일했어. 일은 남보다 더 해도 덕 없다. 헌 옷가지 갖다 동생 입어라 캐 샀코(그러고), 그래 주는 거 모다가 내빌이는(내버리는) 거야. 호박 같은 것도 먹도 못할 거 거저 주거든. 그런 거 주는 기라. 받아 가지고 모다 내빌이 뿌고. 참 절대 직장 생활은 월급쟁이는 친척집에서 할 게 없어. 일을 더 해줘도 모른다고 하더란게. 그래가 나왔 뿌리써(나와 버렸어).

어디 갈 데는 미리 정해 두고요?

어언지. 그래가 우예 알아봐가 또 섬유회사를 댕깄는데, 거 가 보이 일본 사람들이 소화(昭和, 1926년에서 1989년까지 사용된 일왕 히로히토

의 연호) 십삼년에 보일라를 사용했더라고. 그 보일라를 갖고 실꾸리를
감아 놓으면 거기를 찐다. 그러이 그때 힘들더라 힘들어. 그때 보이 수십
년 돼도 그때 거를 사용하더라니까. 왜 보일라를 쓰냐 카면 실꾸리를 감
아서 쪄야 돼. 쪄가 내야지 건조가 되거든. 거가 '제일합섬(第一合纖)'
하청 받아서 했는 데라. 조그만한 데라서 이름도 없어. 거 가가 쪼매 하
다가 치았 부고(치워 버리고). 한 네 달 했나? 그래 거 치우고 공사판에서
쫌 일하다가 아파트 문짝 만드는 회사에서도 오래 근무했다.

    문짝 만드는 회사요?

    그래 문짝 만드는 회사. '영전산업' 이라고 가구 만드는 회사. 조그만
회사라. 아주머니들이 만들어 가지고 손으로 빼빼(사포) 박고 약품처리
하고 그런 거 했어. 거 내가 보자 한 오륙 년 했지. 하다가 아이엠에프
(IMF)[106]가 와 가지고 그때 돈 많이 못 받았어. 거 어음 받아가 하다가 육
개월 어음인데 청구(靑丘)[107]가 망하니까 전부 다 무너지더라고. 청구가
망하니까 일도 못하고. 거가 문짝을 청구에 많이 납품했지. 그래 하다가
안 되겠어. 인터불고(Inter-Burgo)[108] 짓는데 여 너희 다 경비 해보라 카
는 거라. 경비 구 개월 했는데 한 달에 육십만원 받고 안 했나. 아이엠에
프 일 나고 고 뒤부터 구 개월 근무했지.

    경비 마치시고는요?

    그거 하다가 영천 '유성자동차부품회사' 라고 현대하고 삼성에 자동
차 부품 납품하는 덴데, 거서 보자 한 삼 년 했지. 회사 인제 경비 겸 있었
는데 밥해 먹어 가면서 두 사람이 했거든. 숙소서 거서 삼 년간 했지. 일
요일 되면 그 사람 한 번 교대로 나오면 인제 난 그 다음에 가고 한 달에

두 번씩 나오고. 인터불고 경비 때보다는 돈이 좀 낫더라. 경비 할 때는 육십만원밖에 못 받았는데 거는 팔십만원 주데. 처음에는 거기도 일이 없어 가지고 한 오 개월 동안은 노는 기라. '유성 회장님, 우리 나갈랍니 다' 카이 당신 나가면 일이 안 된다 이거라. 일 안 주니까 온 공장이 한 칠 천 평 되는데 돌아댕기미 청소 같은 거 했다. 만날 댕기면서 기계 닦고 하 는데 자동차 부품이 참 이(利)가 박해. 현대 같은 데 있으면 높은 사람이 은행에다 저 회사에 이거 주라 카면서 돈을 주거든. 근데 팔천만원 같으 면 한 이천만원 먹어 뿌고 육천만원인가 하청업체 준다 카이. 쌔가 빠지 게 해야만 사장 자가용 끌 정도야. 거 가마 사출기(射出機)[109] 카는 거 있 어. 그거 현대 차 그랜저 앞에 밤바(범퍼) 그거 만드는 긴데 이천오백 톤, 천칠백 톤, 천삼백 톤 그게 여럿이 섰어. 내가 주로 이천오백 톤 주로 봤 지. 그게 왜냐카면 나오는 기 얼맨가(얼마인가) 카면 나오는 기 한 오십 초에 밤바가 하나 나오거든. 가장 작은 기 사점 사 키로가 되어야지 사점 오 키로가 되면 불량인 거라. 그만치 정밀한 거라. 그 사람들이 물건 해 가 가지고 경주 거 가지고 납품하는데 내가 따라가 보마, 이거 돌라 그러 는데 뭐 한 잔 먹어야지. 것도 보면 음료수라도 자주 사 주고 하면 몰라도 안 그러면 '불량!' 카는 기고. 어떻게 하노? 그게 더럽다 카이. 그런 기 곳 곳에 아직도 있지.

'유성'에서 주로 하신 일은?

밤바 그거 딱 저기 원료가 오백 키로 하는데, 오백 키로 벽에 크레인 해 가지고 그걸 꾹 찍히면 나오는데 그게 원료라. 그거 하는 진짜 기술자는 과장이라 카거든. 이런 거 나오면 물건 딱 받아가 갖다가 놓고 빼가 박거 든. 그런데 들어가면 겁난다 카니까. 그렇지만 그기 일본놈들 도요타 회사에서 십오 년 쓰고 거 인제 정리한 걸 다시 팔억에 사가 왔거든. 일본놈들이 쓰다 버린 걸 팔억에 사 왔는데 고장 한 번 나마 우리나라 기술자들이 못 고치는 거야. 할 수 없이 안 돼가 일본 사람들 오라 그래가 이틀 있으면서 고치는데 오백만원 주더라고. 재워 주고 비행기 삯 주고. 젊은 일본 사람하고 육십 된 사람하고 와가 우에 고치 났는데(고쳐 놨는데) 그거 오래 못 가더라.

현대가 파업해 버리면 일은?

파업하면 놀지. 못하지 뭐. 그게 불량이 많이 나는데 그게 굉장히 꼬지럽다(까다롭다) 보니까 현장에 보면 먼지 같은 거 없어야 돼. 근데 불량이 안 나면 꽤안은데(괜찮은데) 잘못해 놓으면 밤새 불량 난다. 그러면 산 떼 같이 몰리는 거라. 불량 났다고 사장 회장 와 가지고 과암을 질러 대면 할 짓이 아니라. 그러이 기술자가 가장 필요한 거라. 현장 기술자가. 근데 기술자가 돈 많이 줘도 왔다 가 뿌리(가 버려). 거 '유성 이 영감이 대구 여 남구(南區)에서 둘째 가라 카마 설타 카는(서럽다는) 부잔데, 재산 한 수백억 돼. 여 섬유공장 해서 돈 벌어 가지고 집에 가가 돈 못 가 온다. 회장이 나랑 한동갑이고 회장 아주머니가 영천 삼사관학교 근처에 산 사 놓고 내 보고 가자 그래가 갔는 기라. 회장 아주머니 카는데, "아이고 우리 아저씨요, 우리 저 영감이 섬유회사 할 땐 돈을 끌었는데 여 와가는 삼사 년 돼도 돈 안 가져옵니다" 그래. 근데 대구 성서 같은 데 저 땅 팔아가 여기 있는 거라. 영감이 와가 욕심만 잔뜩 늘려가 우에 된 기 기계 새 걸 돌려야 되는데 맨날 고물 돌리가 그게 물건이 옳게 안 나오거든. 회장이 기술자들을 대우해 주면 하지만 안 그랬어. 기업체 같은 건 이래 사장이면 사장한테, 그 밑에 부장 과장 있으면 거기 맡기 놔야지, 회장이 직접 와가 그 밑에 말단한테 잘되니 우짜니 하면 안 되거든. 체계가 안 서는 기라. 과장도 하다가 치워 뿌라 카고 사장 로보뜨(로봇)고 부장 로보뜨고 과장 차장 로보뜨고. 회장 카면 가끔 가다 와가 쓱 둘러보고 와서 사무실 와서 사장한테 지시하고 그런 게 있어야 하는데 회장이 저리 나서가 설치 뿌면 안 되거든. 그러이 기술자들이 왔다가 가 뿌데. 첨에는 회장 겁내는데 맨날 잔소리해가 겁 안 나는 기라. 근데 한 가지는 좋아. 자기도 딸이 장애자라 가지고 사우(사위)를 형제는 많고 돈이 없는 사람을 구했어. 돈에 장가온 그 사우가 최사장이라는 사람이라. 회장이 그 최사장한테 아이엠에프 나기 전에 집도 사 주고 안경공장도 줬는데 아이엠에프 와가 고마 다 떨어 먹은 기라. 그래 처갓집에 와가 처가살이하면서 여 공무사장[110]으로 왔는데 직원들이 필요해가 공구(工具) 사 달라 캐도 이거 뭐 안 되는 기라. 그라마 나는 회장한테 가 가지고 "회장님, 안녕하십니꺼?" 인사하고 뭐 사 달라 카면, "황주사가 사 달라 카면 사 줘야지" 그러면서 돈 주거든. 그래가 내가 직접 사니까 그건 좋은데 공장 체계가 안 서더라고. 거 현장 기술자라 카는 게 회장이 일 다 하는데 내가 무슨 필요가 있노, 나는 일할 게 없다 카면서 공장에 올케(제대로) 안 나오는 기라. 그랬다니까. 그래 거서 한 삼사 년 하다가 그만뒀어. 그러고 나서 내가 답답하면 노가다[111] 나가가 미장(건축 공사에서 벽이나 천장, 바닥 등에 흙이나 회, 시멘트 등을 바르는 것)도 해보고 질통(흙이나 모래 등을 지고 나를 때 쓰는 통)도 지고 했어. 지금이라도 내가 몸만 건강하면 일 없제. 얼마든지 일 있어. 나는 암 데 가(아무 데나 가서) 일해도 얼마 달라 소리 안 했어. 일하는 거 봐 가지고 주이소. 내가 일을 남캉(남만큼) 비슷하이 잘하면 그만침 주고 그래 못하면 적게 주이소 그러지.

일은 디도 '협성농산' 일이 보람은 있었다

협성농산에서도 틈틈이 일하셨다면서요?

내가 다른 건 몰라도 냉장고는 참말로 일찍 샀다. 칠십칠년에 샀으니까. 그걸 우예 들였나 카면 여기 유명한 '협성농산'[112]이라고 있어. 회장이 창녕 성씨(昌寧成氏)인데 그분이 대단한 사람이라. 농과 졸업한 사람도 여기서 일했으니까네. 왜냐하면 딴 사람들 칠십육칠년도에 해외 갔는데 일 년 벌었는 게 그때만 해도 이백육칠십만원이라. 근데 내가 여기 와서 한 달 하니까 백만원, 한 달에 백만원이라. 그때 냉장고 안 났나. 냉동 창고서 일했으니 냉동고에서 일한 기념으로 냉장고 사자고 안 했나. 사 놓고도 한참 안 틀었어. 집에 돈 아긴다고. 그때는 또 냉장고 사가 한참 동안 돈을 안 줬어. 말하자면 외상이지. 원래 그래 하더라 카이. 한여름에 되면, 요쯤 되면 조금 더 있다가 양파 다마네기가 나오거든. 그때 다마네기 저장을 많이 하니까. 근데 창고가 열한 갠데 삼백 평짜리 하나 있고, 백오십 평짜리가 열 개 있었다. 그만침 컸다니까. 내가 동대구 마루보시 제일 좋은 일꾼 열을 데리고 갔는데 마루보시 반장이 일꾼 빼 간다고 하는 기라. 벌이가 없는데 놀고 있을 수는 없잖아. 벌이가 없을 때 한 달간 백만원 카면 그때 칠십칠년도 백만원 그러면 요새 돈 천만원이라. 얼마나 컸는데. 근데 일이 하루 주야로 이십사 시간이거든. 열두시부터 한 시간 자면 스물세 시간 다마네기만 하차 했는데 일은 참 디지. 다마네기 한 포대가 그때 이십오 키로거든. 한 포대에 이십삼원 받았는데 일원은 회사 과장 주고, 우리는 이십이원 먹었지. 한 포대에 일원씩 이십사만원 줬으니 이십사만 포대 아니가. 다마네기 차에 하차해 가지고 한 달에 백만원 벌이니 그때 크더라고. 광영이도 '협성농산'에서 일해 가지고 가다마이 맞춰 입었다. 내가 이야기해가 대학교 다닐 때 사흘 일해가 가다마이 사 입을 돈 벌었는데 힘이 있어서 그런지 일은 잘하더라고.

협성농산이 그렇게 알찼었는지는 몰랐네요.

그때 벌이가 좋았어. 칠성시장(七星市場)[113] 같은 데서 물건 오면 가서 하차하는데 우리 구찌[114] 있는 거라. 우리는 보통 안 그렇나. 다마네기를 밑에는 작은 거 넣고 위에는 굵은 거 넣는다 카이. 한 번은 사장이 부르는 거라. 전에 현장 과장 외갓집에서 다마네기를 가왔는데 질이 좀 그래. 딱히 좋은 것도 아니고 그렇다고 마이 나쁜 것도 아니고 해서 그냥 통과시킷더니 거서 고맙다고 돈 좀 챙겨주는 기라. 그래 다른 데서도 한 이삼천씩 받으면 하루 육칠만원씩 술값이 나왔다 카이. 그거 모다가 같이 먹는 거라. 내가 책임자라 카이. 근데 공장에서 내한테 오라고 방송을 하는 거라. 그래 가 보니까네 회장이 내 보고 "황주사, 여기 오는 사람에게 돈 받았나?" 카고 묻는 기라. "예. 받기는 받았는데 내가 달라 소리는 안 하고 자기네들이 수고한다고 해서 돈 받았심더" 캤지. 칠성시장 구찌에서는 다마네기 농사지은 주인들이 밑에 나쁜 거 놓고 위에 굵은 거 놓고 한 걸 알면서 아무 말 하지 않을 끼니 얼마 내뇌라 캐가 돈을 받아 놓고는, 회장이 물으이 우리는 돈 일절 안 받았다 했는 기라. 그러이 회장이 황씨는 사실 받았다고 하는데 당신은 우째 받고도 안 받았다 카노. 그래가 그 사람들은 보따리 싸가 보내 뿌고, 나는 오히려 한 칠팔 년간 여름 때마다 거서 일했다 카이. 말이 그렇지 협성 카면 공산주의랑 한 가지라. 여자고 남자고 정문에 가면 구보라. 걷는 거 없어, 뛰어야 돼. 그만침 엄했다 카이. 협성 카면 공장이 적자를 본 적이 없어. 협성농산 유명했다. 여자들이 협성

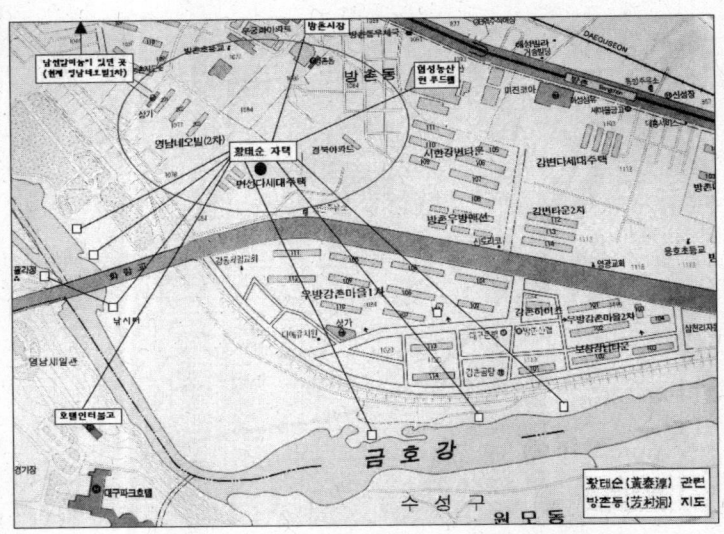

1970년 이후 황태순의 삶의 터전인 방촌동 주변 지역 지도. 자택을 중심으로 공사 경비로 일했던 호텔 인터불고, 마루보시 시절 틈틈이 하역 아르바이트를 했던 협성농산 (현 푸드웰), 부인이 가계를 돕기 위해 십여 년간 일했던 남선알미늄, 그리고 일상 생활의 근거지였던 방촌시장과 금호강변의 낚시터 등이 표시되어 있다.

농산에서 일했다 카면 아무 회사서도 다 환영이라. 남자도 여자도.

　그렇게 독하게 시키니 그렇지요.

　인제 이야기하는데, 그때 우리가 밤잠 안 자고 한 달 일하니까 참 사람이 아니라. 사장이 부르는 기라. 황씨, 이카다가(이렇게 하다가) 일 다 못해요, 죽으니까. 오늘 가서 고기 사고 막걸리 한 말 받아서 미겨라(먹여라) 그러는 거라. 그 회사는 술 같은 거 못하게 하는데 오히려 현장과장이 막 더 부어 놓고 해가 돼지고기를 큰 다라이에 두고 막걸리 두고 먹어라 카는 기라. 사장인 내가 먹어라 카는데 먹고 잘해 달라 그러면서 부탁을 하더라고. 그래서 열심히 일해 줬어. 그때 당시에 돈 받아 놓고 안 받았다 그랬으면 우옛을꼬(어떻게 했을까). 우리가 받은 건 받았다고 하니까 당신을 믿는다고 하더라. 칠성시장 구찌는 받은 돈 받고 안 받았다 그래가 훑쳐냈고(쫓아냈고) 황씨는 바른 말 하니 됐더라 그랬어. 송이버섯도 안 그러나. 일 톤짜리 한 차 들어오는 거라. 누가 훔쳐 먹으니까 이놈의 여자들이 사무실 가서 일 냈는 기라. 또 방송에서 황씨 오라는 거라. 가니까 와 저 송이 홈치 먹을라 그러나(홈쳐 먹으려고 하나) 카대. 나는 모르겠다고 하니까, 사람들이 황씨 먹었다고 캤다는 기라. 송이 저기 술 먹는 사람한테 안주로 좋데이. 송이 고기 냄새가 상키(상쾌)거든. 그래 누가 술 묵으면서 안주로 먹었던 모양이라. 거는 내가 술 안 먹는 거 아니까 그분이 카는 기라. 당신네들 거 몇 개 먹는 건 좋은데 여자들 보는 데서 먹으니까 사장 귀에 들어가는 거 아니가. 그러이 당신네들 요령껏 먹으라고 하는 기라. 그때 회장은 당뇨 걸리가 죽고, 현재 회장 육촌 동생이 할 기라. 지금도 만나면 인사하지. 그 사람도 내한테 섭섭하게 안 했어.

협성농산은 양파만 했습니까?

다마네기 끝내고 밤을 했어. 밤 까는 거. 지금은 중국 갔다. 중공(中共)[115]가 가지고 밤나무를 심궈(심어) 가지고 작년부터 생산해 내는데 직원들 많이 가 있다. 협성농산이 여러 사람 많이 믹이(먹여) 살렸지. 협성농산하고 '남선압출'[116]이 여기 있을 때 동촌 일대가 많이 좋아졌다. 집에 안식구는 '남선알미늄'에 십 년이나 안 다녔나. 여기 남선알미늄 땅이 천 평이 넘었다니까 컸다 카이. 지금 여 영남 네오빌 일차 아파트 자리가 원래 남선알미늄 자리라. 대구에 원래 알미늄 회사가 세 개 있었거든. 제일 큰 기 '선학알미늄'이었는데 직원 수가 한 삼천 명이 넘었을 기라.

그라고 두번째로 큰 기 '남선알미늄'이고, 제일 작았던 기 '조일알미늄'이라고 거 원래 사장 아버지가 '조광알미늄' 회사를 했는데 거서 독립해 나간 기지. 한 번은 세 회사의 사장들끼리 모이가 회의를 했다 카데. 서로 분야를 나눠가 하자고. 그래가 선학알미늄은 식기 쪽으로 안 했나. 밥솥, 냄비 그런 거. 백철(白鐵, 양은이나 함석, 니켈 따위의 빛이 흰 쇠붙이) 카는 거로. 남선알미늄은 샷시 문 같은 거 하기로 했고, 조일알미늄은 알미늄 덩어리를 그대로 가와가 용광로에 넣어가 원자재로 쓰이는 판재(板材)를 만들기로 했다 카데. 근데 냉중에 우예 됐는 줄 아나? 선학은 부도 나가 망했 뿌고, 남선은 시들해지고 지금은 조일이 제일 잘나간다 카이. 미리 앞을 볼 줄 알았던 기지. 우예 됐든 남선알미늄이 여 동네 가까이 있어가 안식구가 거 나가서 일했어. 그때가 큰애 중학교 들어가자마자 일했을 기라. 그러이 남선알미늄하고 협성농산 있어가 여 동촌 사람들 마이 덕을 봤어 전부 다.

　할머니는 남선알미늄에서 무슨 일 했습니까?

　샷시 문 안 만들었나. 내가 협성농산 일하기 전부터 했지. 사우디 갔다와서도 계속했어. 한 십 년 해가 퇴직금 이백만원이라. 그때도 십 년 해가 이백만원이면 큰돈이라. 둘째 처남 철공소 하는 거 도와줄라 캐가 그래 줘라 캤는데, 줘 노이(줬더니) 처남이 실패 봤 뿟어(해 버렸어). 지금도 안식구가 그 돈 돌리 돌라(돌려 달라) 소리 안 한다. 동생한테 줬 뿌린 거 뭐라 카겠노? 남한테 도움 받는 거보다 주는 게 좋다 카고 말지. 생각해 보마 나도 처갓집에 많이 해줬다. 왜냐카면 처갓집 집안에는 산소가 없는데, 장인 장모가 산소에 돌을 못 쌓은 기라. 처남이 어리가 내가 산소에 돌 다 안 놔줬나. 암만 그래도 처갓집에 그러는 거 드물거든. 그때는

1978년 가을 무렵 부인이 다니던 '남선알미늄' 야유회에 부부 동반으로 따라가 찍은 사진. 장소는 기억하지 못하였다. 뒷줄 중앙이 황태순. 앞줄 중앙은 부인.

같은 날, 가장 친하게 지내던 부부와 함께 찍은 사진.

돌도 비쌌어. 내 동서는 그날 집안이 모이면 돈 모아가 돌을 쌓자 캤는데 그랬으면 아마 영영 못했을 기라. 처남들 어리니 내가 해주지 어쩌노. 또 막내처남이 공장 한다 그래가, 그때 한 달 봉급 한 이십만원 전부 다 줬어. 내 자랑이 아니라 처갓집에 못해 준 거 없어.

6. 손에서 떠나지 않는 일

2006년 겨울. 칠순잔치를 대신하여 자녀들이 준 돈으로 간 중국여행중 만리장성에서
찍은 사진.

일거리만 있으마 나는 안 놀고 뭐든 한다

그런데 뇌졸중은 언제 겪으신 겁니까?

인제 삼월 삼짇날[117]이지. 두 돌째 난다. 나도 참 별에 별거 다 했지. 동구 보건소에 가면 봄에 하수구에 방취(防臭)한다고 약 치는 거 있어. 거도 참 들어가기 힘든 거라. 그래서 누구한테 말해 가지고 들어갔지. 약 치는 거 보건소에서 관리하거든. 거기를 가 가지고 하루 한 시간 하면 한 달에 구십만원대야. 근데 약 칠 때 사람들이 약을 한쪽만 치고 반대편에 안 치는 거라. 나는 더 하만(했으면) 싶어도 딴 사람들이 빨리 가자 그러니까, 하자 카는 대로 하지 어떻게 하노? 모기 같은 거 죽으라고 하는데 동촌에서 한 달쯤 하다 보니까 할 만해. 근데 일 년치 고 퇴직금 안 줄라고 십이월 되면 마치 뿌는 기라. 나이 많아 멋진 직장 구했더만 몸이 아파가 못했지. 언(어느) 날인가 동촌 가서 약을 치다 보니 약통이 손에 안 잡히는 기라. 이상하이 힘이 없이 자꾸 엎어지고 하데. 그래도 약은 다 치고 집에 들어왔으이 참 미련했지. 집에 와서 뇌졸중인 줄도 모리고 대구 한의원에 가서 침 맞고 안식구한테 전화를 했어. 그러니까 안식구가 배락같이(벼락같이) 달려와가 같이 대학병원에 가니까 몇 시간 됐냐고 하더라고. 한 세 시간 안 됐다 카니까 나를 중환자실 델꼬(데리고) 가서 딴 사람 다 제치 놓고 나부터 씨티(컴퓨터 단층 촬영, Computerized Tomography)를 찍는 거라. 근데 대학병원에는 중환자실에 입원할 데가 없으이 세강병원(1984년 개원한 대구시 달서구 송현동 소재 종합병원)에 거 가 가지고 중환자실에 나흘 있어 보니 못 있겠데. 입원실에 인자 환자가 네 명이 있는데 죽어가 나간 사람도 있고 공기 탁하더라 탁해. 내 더 있으라고 캐도 못 있겠더라. 거 있어 봤자 약 주는 거밖에 더 있나. 그래가 십사 일 만에 약 타가 나왔어. 환자가 한 이백 명 있는 데서 내가 제일 빨리 나왔어. 보통 거기 일 년씩 있어. 뇌졸중 캐도 세 시간 안쪽으로 가니까 웬만하면 나순다고(낫게 한다고). 그러니까 빨리 병원 가야 되는데 하룻밤 자고 온 사람, 이틀 자고 온 사람, 한 달 만에 온 사람도 있어. 그 사람들 다 고생한다. 나는 혈관이 터졌는데도 근육을 안 눌러서 괜찮았다고 하더라고. 내가 원래 저혈압인데 나이가 많으니 혈압이 높아지데. 지금도 어쩐(어떤) 날은 걸음을 걸으면 가벼운 날이 있고 어쩐 날은 아무래도 안 좋아. 남들이 "황씨 다리 아프나? 저나?" 그러는데, 뇌졸중 이게 아주 무서버.

어디 다른 데 아프신 데는 없으시죠?
딴 데는 없어. 혈압 높아가 하루에 혈압약 한 알 먹고, 나머지는 정상이라. 또 만날 운동하이 건강한 편이라. 이 병이란 게 언제 도질지 몰라. 혈압 안 높아도 그런 사람 있더라 카니까. 여 구씨라 카는 사람 혈압 안 높아도 뇌졸중 걸렸거든. 올해 육십넷인가 그러는데 죽었다 카이. 그러이 요즘 내 인지 내가 나이 올개 많지 않지만, 내가 요새 보면 주변에서 일하러 오라고 하는데 힘든 일은 못하겠더라고. 뇌졸중 걸려가 두 돌짼데 확실히 옛날 같지 않애. 그래 살살할 수 있는 일만 하지. 어제도 하루 종일 쉬 가면서 일하고 오늘도 오전에 하고 그러이 시간이 잘 가서 좋아. 남들이라 뭐라 하든 말든 하루 한 천원 왔다갔다 하거든. 아는 사람은 아이고 니 얼마나 먹고살라 카는가 카지. 이래라도 일손 놓지 않는 기 오히려 건강 유지하는 기라.

요새 무슨 일로 소일하십니까?

일 없으면 안 하고 밭에 가거나 아니면 늘 낚시 가지. 내 바다낚시 많이 갔다 바다낚시. 돈 많이 들어. 민물낚시 그래 봤자 사료하고 가가면 하루한 돈 만원만 하면 되는데 바다낚시 하면 안 그래. 기름 값까지 해야지. 어 그렇지, 배도 빌려야 되지. 바다 가세 들어 한다 캐도 모든 장비가 비싸고. 그래가 장비 다 구입 못했는데 여 민물낚시 하는 거 한 열맷 대 있지. 이거까지 캐봤자 대하고 한 오만원 하면 되는데 바다낚시 그거는 한 백만원짜리 있어야 돼. 그 정도 없으마 안 돼. 돔(도미) 낚는 거.

낚시는 어쩌다가 취미를 들이셨어요?

그기 내가 옛날에 다쳐 가지고 부상 당해가 여기 만날 이놈의 병원에 들어 누워 있으이 지엽어가(지겨워서) 동춘 여 강에 가 보니 어떤 영감이 낚시를 하더라고. 참 재밌더라고. 아저씨 나도 배워도 돼요 캐가. 낚시 해보면 참 재밌다고 하더라고. 첨에 낚싯대 한 대 가지고 해보니까 안 돼가 새로 네다섯 대 가지고 해보이 힘들어. 앉아가 릴이라 카는 거 첨에 세 대 사서 하는데 잘 안 돼. 딴 사람은 열 대도 사는 기라. 못하는 사람은 요새 서른 대썩 안 하나. 나는 차도 없어서 그래 못해. 낚시 그게 왜 재밌나 하면 고기를 기다리는 맛이라. 오늘 낚나 내일 낚나 하는 맛이지, 꼭 낚는다 그러면 안 돼. 세월을 낚는다는 그 맛으로 해야 돼.

바다낚시는 어떻게?

바다에 가자 그러면 안 가나. 작년엔 가 가지고 두 번 가서 핫(햇)꽁치 잡으러 가가 못 잡았어. 그거는 안 되는 날이 있다니까. 작년에는 보자 삼월 육일날 가가 한 달, 사월에 가서 한 달 해가 붕어 열한 마리 낚았는데 거짓말 아니고 안 되더라고 안 돼. 여 나이 많은 영감들 고기를 낚으면 내한테 전화 온다, 황씨 빨리 온나 잉어 열 마리 낚았다 카미 매운탕 먹으러 오라고. 아이엠에프 와서 물 나빠가 고기 없었는데 요즘은 낚시가 잘 돼.

바다낚시하고 민물낚시하고 무슨 차이가 있습니까?

바다에 낚시를 하면 바다에서 육지로 바람을 불면 잘되는데 반대로 하면 잘 안 되데. 포항 홍해(興海, 경북 포항시 북구에 있는 읍) 저기 가면 파도를 한 번 치면은 오면 잘되고 고요한 날은 안 돼. 언제 한 번은 강구(江口, 경북 영덕군 남동부에 있는 면. 영덕 대게의 집산지) 방파제 엄청 높다니까. 지나가면 그날 저녁 엄청시리 낚아가 끼도(게) 낚고 해 가지고 아이고 집에 올라 보니까, 고기 망태기가 다 떨어져가 한 마리도 없어. 집에 오이 [할머니를 가리키며] 이 양반 고기 낚았다 카디(하더니) 한 마리도 없노 캐 사미…. 보면 대구 사람들이 많이 가. 축산리(丑山里, 영덕군의 2대 어항인 축산항이 있는 곳)나 강구, 또 여 양포리(良浦里, 포항시 남구 장기면 소재 양포항이 있는 곳) 가 보면 참 재밌어 낚시. 근데 바다 낚시는 거친 맛도 있지만 위험해. 전부 걸어가야 되니. 내 한 번은 강구에 돔 잡으러 갔는데 방파제 높이가 한 사 미터 가까이 되는데, 고요한 데 있는데 갑자기 파도가 와서 낚싯대 싹 가지고 가더라고. 그런 데 걸리면 방법이 없는 기라. 근데 이상하게 파도칠 때 잘 잡히. 왜 그렇나 하면 파도가 치면 바위에 붙은 먹이가 많이 떨어진단다. 먹이가 많을 끼니 많이 설치고, 고요하면 먹이가 없어서 안 설친다니까. 민물도 잘될 땐 잘된다. 민물 캐봤자 뱀장어는 가히(거의) 없어. 전멸하다시피 하고 붕어도 우리나라에 없어. 베스 같은 외국종이 들어와서 새끼를 다 잡아먹어서.

월척은 한 번 낚아 보셨습니까?

붕어는 저기 일 년에 삼 센치(센티미터) 큰다고 보거든. 한 자면 삼십 센치. 십 년을 큰다고 봐야 돼. 잉어는 한 삼 년 크면 육십 센치 큰다고 봐야 돼. 잉어도 건 제일 큰 거는 칠십이 센치 그런데 붕어는 큰 기 사십 센치 그래. 그런 거 내 낚아 가지고 엑기스도 많이 내 먹었어. 붕어가 가장 좋은 거라. 잉어는 크다 뿐이지 없고. 아 여게 강에서 사십 센치 붕어 잡았는데 여게 잉어 같으면 일 미터짜리도 있다니까. 근데 너무 큰 잉어는 느낌이 이상타. 잉어 구십사 센치 그거를 처음 낚은 사람한테 내 친구가 만원 줬거든. 집에 가 보니까 마누라가 겁나서 갖다가 버려라 카더라 캐. 딴 사람은 사 가는데 부인들 보면 안 그래. 이 보면 절에 많이 댕기면 바다고기는 먹어도 민물고기는 싫어한다니까. 우리는 안 그런데 잉어 큰 놈은 부인들이 안 먹을라 그래. 민물도 매한가인데 고마 절에 다니는 사람 안 먹을라 그래.

낚시 말고는 소일하시는 일이?

난 안 논다. 뭘 해도 한다. 아침 다섯시 되면 운동하고 밥 먹고 밭에 가서 채소도 키우고 하지. 나는 상추고 고추고 소출이 덜 나오더라도 채소 약 안 치니까 내가 키우는 채소는 다 무공해. 동네에 보일라나 뭐 그런 일거리 있으마 가가 일해 주기도 하고 가 와가 일하기도 한다. 그래가 다 문(다만) 얼마라도 돈 받아가 쓰고.

어머님이 사 놓은 땅에서 농사짓습니까?

어언지. 그건 공장 안 지었나? 군위 고로 같은 데 가 가지고 십이년생 나무 있는 능금밭을 사서 하다가 농사지을 아들이 없어가 삼천만원에 팔

왔거든. 팔아 가지고 도로 가에 공장을 지은 거라. 대지는 오백십사 평인데 백육십 평은 세 안 났나. 그거가 둘이 먹고 충분해. 아들한테 일절 안내민다. 거기 임대료가 첨에 백오십만원, 아이엠에프 와가 요즘에 한 달에 백이십만원 나온다. 그러이 우리한테 연금 택이지.

할머니가 참 알뜰하셨네요?

그렇긴 한데 돈을 줘마(줘면) 일절 안 나와. 그러이 나도 '유성회사' 가 가지고 한 삼 년 일하면서 번 걸 비자금으로 놔뒀지. 그게 편하더라니까. 요새 할매는 할매대로 영감은 영감대로 비자금 다 있다니까. 지금도 날 더러 원망하고 있다. 사우디 가가 번 돈으로 땅 더 못 샀다고. 생활력 강한 거 말도 못한다. 검소하다는 건 말도 못하고 지금도 시장에 가면 좋은 거 안 사온데이. 인지는 좋은 거 사 입고 아들한테 돈 달라 그래가 좋은 거 사 먹어라 그래. 과일도 좋은 것 사지 나쁜 것 이거 와 사 왔노 뭐라캐도 안 돼. 앞으로 십 년도 못 사는데 인제는 나도 좋은 거 사 먹어야 되겠다고 생각하지. 인제 반찬도 조금 낫게 먹는다. 나도 아끼기는 하지. 실지 옷도 메이커 있는 건 사서 입을 필요도 없고 등산복 이런 거 돈 만원이면 헐커든(싸거든). 이거 입다가 내빌고(내버리고) 안 하나. 좋은 거 몇십만원 주고 사서 뭐하노? 아무 걱정 없어.

어머님은 복지회관 나가시던데 거기 노인정입니까?

노인정이지. 서예 하는 데, 춤 배우는 데지. 에어로빅도 하고 여러가지 운동도 하고. 집안 식구는 뭐 배우노 카면, 침 자기가 찔러가 피 빼고 하는 거. 보면 입은 안 띠도(떼도) 고생하는구나 싶지. 다리가 아프니까 직접 배워 가지고 피도 빼고. 얼굴 퉁퉁한 기 좋은 게 아니라. 약도 많이 먹었어. 한방병원 가서 비싼 거 열 채나(첩이나) 먹었어.

산악회는 언제부터?

작년부터 간다. 안 가다가 심심해가. 나도 이제 팔도강산 유람차 간다. 전라도 쌍계사(雙磎寺, 경남 하동군 화개면에 있는 절. 구례 화엄사와 혼동한 듯) 같은 데하고 온 데 다 간다. 가 보이 괜찮애. 사찰 가 보면 건물 구조는 한가진데 자연환경 같은 거 보고 스님하고 대화도 해보거든.

요새는 소일거리로 농사지으이 세월 좋아

뵐 때마다 늘 무슨 일이든 하고 계시네요?

난 일거리 있으마 안 놀고 뭐든 한다 안 카더나. 근데 내가 이런 소소한 일을 또 하니까 집안 식구들 안 좋아한다. 딴 사람들은 별난 거 다 한다 카거든. 어허 그러이 일거리 늘 갖다놓고 닦고 뭐 하고 하면 집안 식구들 싫어해. 우리 나이 사람들 보마 만날 자기들 아들 돈 자랑 억시(아주 많이) 해 샀는다(해 댄다). 내가 가만히 있으면 와 황씨는 아무 말도 안 하노 그러는데, 나는 아들 돈 자랑은 뭐 할 거 없다. 나는 내 못 배운 거는 그렇다 캐도 자식들 공부를 많이 못 시켜가 속상하고, 그러이 젤 부러운 게 재산보다도 실지 공부를 많이 한 기 부럽더라. 까짓 재산보다도 남을 가르친다는 게 가장 좋은 거 아닌가? 돈 뭐 하노? 돈 있어야 된다지만 남 앞에서 지도한다는 게 얼마나 좋은 거고. 그거배께 없다.

어르신에겐 주변에 널린 게 일이네요.

일 참 많애. 요즘에 조경 같은 거나 생산직 같은 일 안 할라 카네. 고마 수월한 거 할라 그러지, 기력 많이 드가는 거 일절 안 할라 그래. 야간일 안 할라 그러고. 야간일이나 천한 일도 실제로 할라 그러면 얼마든지 있어. 요즘 대학교 졸업하고 이놈들 배운 게 있어 놓으니 힘든 일 안 할라 그라는데, 젊을 때 천하고 힘든 일 해보지 언제 해보노. 모두 나이 많으면 돈이 야속하지. 나이 많아 가지고 절대로 돈이 아쉬우면 안 돼. 그러이 일할 수 있을 때 일해가 벌어 놔야지. 내가 젊을 때부터 천한 일도 하고 했지만 지금도 일하는 기 내대로 재미가 있어. 시간 잘 가고 해가 낸중에 밭에서 호박 다 되고 하면 아들도 따 주고 얼마나 좋으노. 놀면 뭐 하노? 돈 보고 하는 거는 아니라. 돈 보고 하는 거면 호박 한 디(한 덩어리) 이만 원 받아도 안 돼. 얼굴 시커멓게 해 가지고 호박꽃 일곱 구디 한 달간 했으니 얼마나 했노. 사람이 지만(자기만) 부지런하면 먹고사는 거는 해결할 수 있어. 요즘 젊은 사람들 너무 포시랍게(편하게) 커가 이런 거를 잘 몰라. 우리 막내아들조차 안 그러나. 내가 뭐라 카면 "아버지, 그때는 그때고 지금은 지금 아닌교" 카면서 일 안 할라 그런다. 일절 안 한다. 투바람만(투덜거리기만) 하지. 근데 광영이는 농사 도우라 하면 좋다 칸데이. 막내 저거는 내 밉어가(미워서) 그냥 집에 가라 칸다.

그런데 밭은 어디 있습니까?

이군사령부(1954년 후방 지원 일체를 위해 창설된 사령부. 대구시 수성구 소재) 있는 데. 밭이 아니고 뭐라 캐야 되는 모르겠네. 한 삼 년쯤 전에 경산 나가는 '담티고개'[118]가 복잡하니까 사차선 길을 냈는데 복숭밭하고 매실밭이라. 근데 땅 대부분이 정부에 들어가 뿌고 이군사령부 담하고 같이 한 사백 평 남았거든. 근데 거기가 군사보호구역이라 집도 못 짓고 아무것도 못해. 땅주인이 대명동에 이사 가면서, 여기 땅 보러 왔다 갔다 해봤자 기름 값도 안 나오니까 농사지어가 추수할 때 풋고추 나면 좀 주고 매실 나면 그거나 좀 달라 그래. 그래가 내가 가가 개간했는 기라. 산등뱅이(산등성이)라 보니까 물도 없고 가물어가 해 먹도 못해. 나는 되면 되고 카면서 그래도 해 놓으니 무공해 먹고 좋더라고. 매실은 인제 여덟 나무라. 뭐 내년이라도 땅주인이 달라면 줘야 된다.

밭에 가실 때는 걸어서 가십니까?

보통 [마당에 있는 오토바이를 돌아보며] 저걸 타고 가는데, 걸어서도 한 이십 분밖에 안 걸린다. 안식구는 요새 몸이 안 좋아서 자주 못 가고 가을에 가자 그러면 오토바이 태워가 같이 가고 그러지. 그래 하니까 사람들이 만날 카거덩(그러거든). 날 보기만 하마 붙잡고 뭐 돌라 카는 기라. 그러면 내가 너거는 꽃밭에 안 노나 카지. 거 화토(화투) 치면 전부 다 꽃밭 아니가. 그래도 여름에 호박 내 한 덩이 줄 때도 있다. 그거 한 덩이 주면 커피 한 잔 먹어라, 한 잔에 오백원짜리 술도 먹어라, 음료수 먹어라 카지. 농사지어가 가을 되마 친한 이웃에 줄 때도 있다. 고향 아주머니들 도 주면 좋다 카니라. 근데 요즘은 무공해라 그래도 내가 농사지어야 무공해라고 믿지 확실히 못 믿거든. 암데나도(아무래도) 요새 살충제 전면 으로 안치면 안 된다고 하네. 그러이 쪼매끔은 친다고 카데. 농약을 덜 치니까 수익이 덜 난다 캐.

텃밭이 사백 평이라면 작은 평수가 아닌데?

야산인데 고 이백 평은 이것저것 해 먹고 한 이백 평은 호박 심어가 그 대로 있고. 이백 평이면 작은 평수가 아니지만 내가 농사짓던 그게 있어 서 그렇지 처음 하는 사람은 디가(힘들어서) 그런 거 못하지. 나이가 있 으이 무리는 안 한다. 두어 시간쓱 하고 쉬지. 해보니 인제 나이가 들어 그런동 나도 힘들어. 그래도 이걸 소일거리로 하이 얼매나 좋으노.

　회갑하고 칠순은 하셨습니까?

　간단히 했어. 회갑은 그때 요 앞에 '김회장 암소숯불갈비' 카는 식당에 가가 단촐하이 했다. 처갓집 사람들하고 시골에 있는 형님 조카들, 여신암동 작은 형님네 식구들하고 우리 애들 거 사돈들 다 모시가 했지. 식당에서 고기 잘 묵고 또 거 노래방도 있어가 노래도 부리면서 신나게 잘 놀았어. 칠순은 여 큰아부터 해가 자석들이 돈 내가 내외 간에 중국 갔다가 안 왔다. 중국 거 장가계(張家界) 카는 데 하고 북경 만리장성하고 그리 댕기왔는데 정말 좋더라. 장가계 거 천자산이라 카나. 거 바위가 뾰족바우처럼 기다꿈하게(기다랗게) 서가 뭉치 있는데 얼매나 장관이던지. 중국은 나라 여러 개를 뚜드리 엄쳐(함께 합쳐) 놓은 거 같이 넓데.

부처는 좋아해도 돈 놓고 절하기는 싫어

　집안에 제사 많았겠네요?

　오대 봉제사(奉祭祀)[119]라서 고조까지 지냈거든. 조모, 증조부, 고조부… 그러이 한 여남은 번 되지. 참 요즘 제사 수월타, 옛날에 비하면. 옛날에도 맹 시장 가서 장 보고, 고기 사고, 과일 사고 하는데 요즘처럼 마이는 못한다. 요즘은 저기 뭐고 전 꿉는 거 그기 좋아가 수월하지. 옛날엔 소디비(솥뚜껑) 뒤집어가 전 꿉었거든. 그거 엎어 놓고 하는데 전이 잘 꿉히고 잘 일나는 솥이 있어. 안 일나는 걸 해 노면 불 잘못 때면 불이 약해가 빨리 안 되고, 불 씨게 마이 때면 타 뿌고… 아이고 고생 고생, 옛날 어른들 시집살이 고생 말도 못했다. 요새 이카면 막상 젊은 사람은 잘

위, 황태순이 텃밭농사나 낚시를 갈 때 주로 이용하는 그의 발 오토바이.
사진 촬영 황인모.
아래, 안방에서 오랜만에 다정한 모습으로 사진을 찍은 황태순 부부.

모란다. [할머니가 말을 이었다.] (할머니 : 오대 봉제사까지 해가 제사 많이 지내더라. 팔월 열나흗날 저녀(저녁에) 지내고, 보름날 아침에 또 제사 지내고 설에도 지내고 며칠 있다 지내고 다달이 지내더라. 유월달에 있고 칠월달에도 있고 팔월달에도 있고 구월달에도 있고 열몇 번을 지내더라 카이.) 제사뿐만 아니라 또 누가 잔치한다 하거든. 그 집에 미느리 돌온다 카면 국시(국수) 미는 거라. 국밥잔치는 드물었고. 그러이 국시 그거를 온 집안들이 밀어가 한 삼 일 동안 미는 거야. 그래 해 놨던 거를, 마 손님이 잔칫날 오면 밀어 놨던 그놈을 갖고 물 덥가(데워서) 할려면 얼마나 힘드노. 힘들다 힘들어. 그 오는 손님 다 대접해야 되거든. [할머니가 말을 이었다.] (할머니 : 옛날에는 잔치할 적에 참 뭐라도 얻으마 안 먹고 챙겨 놓고. 그래도 국밥잔치나 또 떡국잔치는 그 동네에 좀 있는 사람이고 보통은 칼국수. 옛날에 그거 밀어 가지고 대접하고 그랬다. 요새는 얼마나 좋으노 칼국수 하는 기. 요새 빼는 국시 안 있나? 그거는 맛이 참 한 번 먹으마 별미인 기라, 밀어가 한 기. 그래 쪼끔 지내가는 우리도 시집가고 요랄 때 돼 가는(이럴 때 돼서는) 국수 빼가 와가 마 했다.)

그럼 당연히 엄격한 유교 집안?

그래 유교(儒教) 맞다. 대개가 다 유교다. 그래 집에 유교로 엄격해도 거 나는 교회는 갔어. 내가 그때 보자 친구 너댓이 하고 교회 첨 지을 때 서까래 필요하다 캐가 우리 갓(선산의 경상도 사투리)에 가가 나무 비 가지고 저녁에 깎아 가지고 갖다주고 했다 카이. 오천교회에 그래 갖다주고 했는데 그때 뭐 세례 받으라 캐도 우리는 세례꺼정은 안 받았어. 한 번은 교회에 거 대구에 있는 영신고등학교(永信高等學校)[120] 교장 겸 재단 이사장인데 박계성 목사라고 카는 분이 왔는데, 의성 춘산 사람이라 카데. 근데 그분이 참 보이 부흥의 목사데. 영신고등학교라 카면 여 기독교장로회[121]에서는 알아주는 유명한 학교인데 거 목사가 우리 오천교회에 왔더라니까. 왜냐카면 우리 오천교회도 기독교장로회거든. 경상도에서 기독교장로회 카는 거는 드문 편이고 이기 수준도 높다 카이. 그래 토요일날 왔다가 일요일날 가고 그랬지. 내가 거 오천교회에서 세례 받고 하지는 안 했어도 친구들하고 너댓이 왔다갔다 하기는 했어. 교회에서 설교하니까 오라 카면 맨날 가 가지고 거 김세진 장로나, 박목사님 설교 듣고 그래 했지. 이런저런 일도 마이 해주고. 그래 했디만 우리 안식구나 진영이 아프고 할 때 목사님이 동산병원에 추천서 써 줘 가지고 병원비 마이 할인 받고 덕을 봤어. 그래가 나는 교회에 대한 기억이 좋은 편이라.

그때 교회 가는 거 쉽지 않았을 텐데요.

근데 그 뭐 그때 당시에도 교회 가니까 참 들을 만하더라고. 그때 당시에도 하는 게 보면 전부 하는 게 착한 말만 하지 나쁜 말은 일절 안 하거든. 그래 듣다 보면 내가 요 앞전에도 갔지만은 가만히 들어 보니 '아 나는 도저히 자신이 없다. 남한테 말 한 마디 선하게 해야 된다는데 우예 하다 보면 욕도 나오고 하는데 내가 이래선 은혜를 못 받는다' 그래 생각되더라 카이. 그래가 여 내가 아는 집사가 있거든. 그래 보믄 집사라 카면서 그래도 욕하거든. 어이 이 집사 카고 부르면, 아 교회 간다 임마 뭐 술 안 먹고 욕 안 하면 괜찮다 카거든. 그럼 어이 이 집사 평소에도 좋은 일 해야지 그래 가지고 천당 못 간다 카면 웃고 그랬는데, 나로서는 댕기 보니까 죄 안 짓고는 안 돼. 사람이 인제 뭐 남한테 감정 상하는 말 한마디만 해도 그게 죈데 그럴 수 있나?

다른 종교에는 관심이 없으셨고?

절은…. 내 부처는 좋아해도 가서 절하긴 싫다. 돈 놓고 절하기 싫다. 솔직한 소리로. 내 거 뭐 공덕 받겠노? 개 잡소리 해 싸(하곤 해) 아이고. [할머니가 말을 이었다.] (할머니 : 불전 놓고 절 안 할 바에야 절에 뭐 하로 가노. 그기 다 내 마음이지. 그러마 교회가가 불전 주는 거는 복 받을라 카는 거 아이가.) 내가 교회에 돈 주나? 교회 몇 번 가가 점심 때 천원 내고 국수 먹는 거야. 그거는 돈 내는 기 아이고 국수 사 먹는 값이지. '창신교회'라고 거는 만날 점심이 국수라. 그 교회가 한 십억 들이가 교회를 지았는데(지었는데) 오억이 빚졌다는 기라. 이제 다 갚고 부채가 이억 남았다 카데. 그런데 한 번은 국수를 먹고 있는데 가만 보니까 봉투를 떡 주는 기라. 얼매 넣으라는 소리 아이가. 장로님도 넣고 모도 넣고 하는데 가만히 생각하이 안 되겠어. 내가 마 그날 화투 치는 데 안 가 가지고 그 때 돈 만원 있어가 딱 함 줬어. 거짓말 안 하고 그때 한 번 줬어. 그뒤로 몇 번 봉투 주더라만 내가 돈이 어됐노. 근데 그게 나쁜 점은 없어. 절에도 가마 다 착한 일 하라 카고 암 데나(아무 데나) 가도 교회 원리는 나쁜 거 없어. 근데 한 번은 광영이 마누래(마누라)가 이래 카는 기라. "아부지요, 꿈을 꾸니까 교회 안 가면 죽는다 캅디다" 그 카는 거라. "어 그래? 그라마 가야지. 야야 가거라." 대번 가거라 캤어. [교회 안 가면 죽는다 카길래 속으로 잘됐다 싶어가, 고마 당장 교회 가라 캤지. [할머니가 말을 이었다.] (할머니 : 꿈에 내하고 지 딸래미하고 죽는다 카는 기라. 그러이 우야노. 가라 캐야지. 지 남편도 교회 댕기는데 가면 되지, 안 될 거 뭐 있노. 첨에 지는 남편 교회 기어이 못 가그러(가게) 만들라 카고, 교회 가지 마라 카고 이캤거든(이랬거든). 친정에 엄마가 절에 댕기는 기라. 그런

데도 그래 갈라 카고 하이 참 거 하데. 지산동(池山洞, 대구시 수성구) 어디고 거 교회 나가는데 지가 요새 더 열심히 댕긴다 카데. 우쨋든동(어쨌든지) 교(敎)는 자주 가야 돼. 절에는 잘 가야 한 달에 한 번 가고 불전 놓으면 그만인 기라. 교회는 매 주일마다 가고 자주 가이 그기 낫지.)

최근에 나가셨다는 교회가 그럼?

'창신교회' 아니가. 요 옛날 효목도서관 있는데 있어. 거도 보니까 인제 지은 지 얼마 안 됐어. 거기 목사님하고도 대화 마이 했어. "목사님 내가 천당 가겠습니까?" 물어보이, "믿음으로 가야죠" 카데. "난 젊을 때 남들한테 좋은 일도 못하고 일평생 나이 칠십 먹은 내가 악한 일만 했는데…" 하니까, 그거는 하나님이 전부 사죄해 준다고 그래. 근데 안식구가 절대 반대라. 자기도 절에 닦은 공이 있거든. 나는 일평생 절에 했으이 당신 혼자 교회 가라고 그래. 내가 넉 달 동안 교회 가니까 장로님이 성경책 주고 맘 써 주고 해가 광영이 보고 교회 데려다 달라 카고 했지. 그러다 내가 가만히 생각을 해봤어. 내가 교회를 댕겨야 되나, 삐딱해야 되나? 생각해 보니까 안식구가 고생을 많이 하고 했는데 지금 저걸 이기가(이겨서) 뭐 하겠노 싶어. 그래 장로한테 거짓말했지. "장로님, 내 의성 거기 과수원 사 가지고 일해야 돼서 교회 못 나갑니다" 카면서. 그렇게 교회 못 나간다고 그러면 안 되는데. 장로님이 내한테 잘해 줬거든.

어떻게 나가시게 되었습니까?

우예 나갔나 카면, 여 낚시하는 데서 박상규라는 사람을 만났어. 장로라고 하는데 장로 같지도 안 해. 낚시터에서 화토 치다가 술도 가져오라

그러면 가져오고, 고스톱 치고 오천원 잃기도 하고. 근데 외로운 애들 돈
도 주고 하는 거라. 내가 "장로님 봅시다" 하고 "장로 맞습니까?" 물
어보이 장로 맞다는 기라. 장로님 너무 착하고 해서 '나도 같이 교회 가
봅시다' 카니까 고마 자가용 가지고 날 델꼬 가는 기라. 장로님이 봉사
활동도 참 잘해. 자존심도 없이 술도 갖다주고 뭐도 갖다주고 해서 사람
을 포섭하더라고. 목사님하고 사모님하고 내가 교회 꼭 나올 줄 알았는
데 내가 마 이래 돼 뿌니 실망했을 기라. 박장로는 내가 의성 가 교회
다니며 농사짓는 줄 알지. 내가 나가고 싶은데 안식구가 절대 반대하이
가정의 평화를 위해서 희생해야지. 젊을 땐 이겼는데 인제 나이 많으니
진다.

주

1. 구술자는 평생을 '삼십오년생 병자생 쥐띠'라고 기억하고 있었는데, 사실 1935년
   은 병자생이 아니라 을해생(乙亥生) 돼지띠이며, 1936년이 병자생 쥐띠이다. 구술자
   에게 이를 알리고 확인했으나 정확히 어느 것이 맞는지 기억하지 못하였다. 다만 연
   도보다는 띠가 더 옳은 기억이 아닐까 추측해 볼 뿐이다.

2. 갓난아기가 죽으면 묻는 애장터가 있는 골짜기. 이동순의 시집 『개밥풀』(1980, 창
   비)에 나오는 시 「애장터」를 통해 애창골짜기의 이미지를 어느 정도 파악해 볼 수
   있다: 막힌 골짜구니 찬 솔바람 속/ 크고 작은 흙돌기가 애장터인가 보이/ 온종일 햇
   살도 들지 않고/ 삭은 여우똥만 폴폴 날리는 곳에/ 서리까마귀 낮게 날고/ 쌓인 눈 녹
   을 생각도 안 하고 있네/ 대낮인데도 마을 사람들 멀리 돌아가고/ 아이들의 혼령은 아
   조 외로운가 보이/ 봄이면 수 년을 길길이 자란 다복쑥 덤불 속에/ 다소곳이 눈을 뜨
   는 애기똥풀 마디풀/ 새보안 일년초의 꽃들이 피어/ 땅 속의 아이들 차츰 외롭지 않으
   이/ 해 지고 어두운 찬 솔바람 속/ 누웠던 아이들 모두 일어나 앉아/ 먼 마을의 깜빡이
   는 등불을 보네/ 등불 속에는 눈물 짓는 어머니/ 어린 것을 내다 버린 언 땅이 가슴 아
   파/ 밤이 이슥하도록 베갯잇을 적시네/ 창밖을 달리는 밤바람소리/ 이런 밤엔 애장터
   의 아이도 잠들지 않으이/ 언제나 빈 골짝에 달 뜬 밤이면/ 찾아와 놀아 주는 혼백들
   있네/ 경인년 사변통에 이쪽 저쪽 군인들이/ 마을 장정 끌고 와서 총을 쏘던 이 골짝/
   그때 죽은 혼백들 함께 와 노네/ 아저씨 아저씨 어서 오셔요/ 피투성이 아저씨가 그래
   도 좋으냐/ 해 지고 비 뿌리는 찬 솔바람 속/ 아무도 돌보지 않는 혼백끼리 만나서/ 아
   이들도 어른도 차츰 외롭지 않으이.

177

3. 군의 중앙부에 있는 면. 동쪽으로 우보면(友保面), 서쪽으로 구미시 장천면(長川面), 남동쪽으로 부계면(缶溪面), 남서쪽으로 칠곡군 가산면(架山面), 북쪽으로 군위읍·의성군 금성면(金城面)과 접한다. 15개 동으로 이루어져 있고 면의 중앙을 남동쪽에서 북서쪽으로 남천(南川)이 흘러 유역 일대에 소규모의 평야가 발달하고 있어 주요 농산물 산지가 되어 있다. 밭농사보다 논농사가 성하며, 채소류로 무·배추·호박·파 등이 골고루 생산되고 있고 유지작물(油脂作物)의 생산도 활발한 편이다.

4. 노행2동의 마을 표석에는 마을의 유래에 대해 다음과 같이 적혀 있다. "군위군 효령면 노행2리. 옛 선비들이 수도하던 곳이다. 지금으로부터 약 300여 년 전 경주 이씨와 의성 김씨가 함께 개탁(開扡)하였다. 경주 이씨는 다른 곳으로 이주하였다고 전해 내려오고 있다. 자연환경을 보면 동쪽은 안산이 솟아 있고 서쪽은 군통산과 건너들이 있으며 북쪽은 심음안산과 새들이 있다. 느티나무 모퉁이 위쪽에는 거북돌이 있는데 모양이 거북같이 생겼는데 목 부분은 없어졌다. 또한 이 마을에는 옛날부터 내려온 술바위 전설이 있다. 마을 뒷산에 나무가 없어 붉은 산이 되었고 살구나무가 많아 행동(杏洞)이라 부르게 되었다고 한다. 본래 군위군 중리면 지역인데 1914년 3월 1일 행정구역 폐합에 따라 노매동, 행동, 심원동을 병합하여 노매와 행동의 이름을 따서 노행동이라 하여 효령면에 편입되었다."

5. 노래를 부르는 사람이 나무를 베거나 풀을 베다가 지게를 세워 놓고 지게목발을 두드려 가며 불렀던 노래라고 한다. 여러 종류가 있으나 군위에서는 주로 팔공산 주변 지역에서 불리던 어사용 노래를 많이 불렀다고 한다. 문화방송 라디오의 「한국민요대전: 우리의 소리를 찾아서」에서 채록된 팔공산 지역의 어사용 가사는 다음과 같다: "이에에이/의양땅(의성군) 갈가마구야 이 내 소식을 전해 다오/히요 날라가는 저 기럭아 이 내 소식을 전해 다오/히에 산은 내 산이고 물은 내 물이 아니로다/주야장천 흘러가는 물을 내 물이라꼬 할 수 있나/후후후야 허허이//바람아 강풍아 불지 말어라/서풍에 낙엽이 다 떨어진다 허허후야/이요 후야후야 슬프다 우리 낭군님은 점슴 굶고 나무하러 갔네//이요 어떤 사람은 팔자 좋아 고대광실 높은 집에/이요우 희롱하며는 살건마는/이요 이내 팔자는 왜 이러노 죽자 하니 청춘이요 살자 하니 고생이데이."

6. 원래는 관청의 창고를 지키는 사람을 뜻하는 말이었으나 일반적으로는 대개 마을 밖

에 살면서 마을 안에 있는 공유 재산을 관리하고 심부름을 하던 사람을 의미한다. 이들은 묘나 마을 또는 문중 소유의 사래답을 경작하거나 수곡(收穀) 등으로 생계를 유지하였다. 여기에서 언급된 '고지기 동네'라는 말은 아주 가난한 동네라는 뜻이다.

7. 대구시 중구 동산동에 있는 종합병원으로 1899년 재단법인 미국 예수교 북장로파 대한선교회 유지재단에 의해 단과병원으로 설립되었다가 1905년 종합병원으로 발족하였다. 1980년 학교법인 계명기독대학과 합병해 계명대학교 의과대학 부속 동산병원으로 개칭했으며, 1982년 계명대학교 동산의료원(啓明大學校東山醫療院)으로 발족하여 오늘에 이르고 있다.

8. 『조선씨족통보』에 의하면, 서기 28년 후한(後漢) 사람 황락(黃洛)이 사신으로 교지국(交趾國, 지금의 베트남)으로 가던 중 풍랑을 만나 신라의 평해(平海)에 표착하여 그곳에 자리를 잡고 살며 스스로 황장군이라 했으며, 아들 삼형제 중 맏아들 갑고(甲古)가 평해 황씨의 시조가 되었고, 둘째 아들 을고(乙古)는 장수(長水) 황씨의 시조가 되었다고 하며, 셋째 아들 병고(丙古)는 창원(昌原) 황씨의 시조가 되었다고 한다. 이러한 황씨는 모두 163본이 문헌에 전하고 있으나 현존하는 황씨는 20여 본으로 추정하고 있다. 그러나 모두 창원, 장수, 평해 3본에서 분파된 것으로 알려져 있다. 덕산 황씨는 창원 황씨에서 분파하였다고 하는데, '황씨중앙종친회' 홈페이지에서는 덕산 황씨를 다음과 같이 소개하고 있다: 덕산 황(德山黃). 시조는 고려 때 도첨의 정승을 지내고 덕풍군에 봉해진 언필(彦弼)이다. 후손들은 본관을 덕산으로 하여 세계(世系)를 이어 왔으나 상계가 실전되어 당흥고사를 지낸 재(載)를 일세조로 하여 계대하고 있다. 덕산 황씨의 '덕산'은 충청남도 예산군(禮山郡)에 속해 있는 지명으로 본래 덕풍(德豊) 이산(伊山) 두 현의 합명인데, 덕풍현은 백제의 금물현(今物縣)을 신라 경덕왕 때 금무(今武)로 개명하고 고려 때 덕풍으로 고쳤다. 이산현은 본래 백제의 시산군(尸山郡)인데 경덕왕 때 이산군으로 개명하였으며, 1405년(태종 5) 두 현을 합하여 덕산현을 만들었고, 1847년(헌종 13) 군으로 승격하였다가 1913년 일제시대에 덕산면이 되어 지금은 예산군에 속한 덕산면으로 남아 있다. (…) 분파로는 교리공(校理公)·목사공(牧使公)·상정공(橡亭公)·현령공(縣令公) 등이 있다. 1985년 '경제기획원'의 인구 조사 결과 덕산 황씨는 4078가구에 18,436명이 살고 있는 것으로 나

타났다.

9. 고려·조선 시대에, 공신에게 임금이 내려 준 토지를 말한다. 주로 외교와 국방 등의 분야에서 나라에 큰 공을 세운 왕족이나 벼슬아치에게 내려 주었으며, 세습이 되는 토지와 안 되는 토지가 있었다.

10. 군의 동부에 있는 면으로 동쪽으로 청송군, 남동쪽으로 영천시, 서쪽으로 의흥면(義興面)과 산성면, 북쪽으로 의성군에 접한다. 11개 동으로 이루어져 있고 논농사보다 밭농사가 우세한 편이다. 영주─포항 국도와 왜관─죽전 지방도가 면을 통과하고 있어 교통은 비교적 편리하다.

11. 군사 전략적 목적으로, 일정한 지역 내의 부대·군사 학교·지원 시설 등을 한 지휘관에게 관할하게 한 것으로 우리나라에는 5개 관구사령부가 있었는데 1관구는 광주, 2관구는 부산, 3관구는 논산, 5관구는 대구, 6관구는 서울에 주둔하였다. 1970년대 말에 이르러 관구제는 군단(軍團)으로 개편되었다.

12. 집에서 급한 일이 생겼을 때 군에 보내는 통지문을 일컫는 듯. '간보'라고도 한다.

13. 뇌의 혈액 공급 장애로 말미암아 손발의 마비, 언어 장애, 호흡 곤란 등을 수반하는 증상. 뇌동맥이 막히거나, 갑자기 터져 출혈한 혈액이 굳어져 혈관을 막고 주위 신경을 압박하여 여러가지 신경 증상이 나타나게 된다.

14. 발로 밟아 곡식을 찧거나 빻게 된 방아. 굵은 나무 한 끝에 공이를 박고 다른 끝을 두 갈래가 나게 하여 발로 디딜 수 있도록 만들었으며 공이 아래에 방아확을 파 놓았다. 곡식을 빻을 때 요긴하게 쓰인 농기구이다.

15. 아기를 점지하는 일과 산모와 생아(生兒)를 맡아보며 수호한다는 세 신령(神靈), 즉 삼신(三神)이 할머니 모습을 하고 있다는 데서 생긴 명칭.

16. 원래 柳씨는 다른 유씨와 구별하여 '류'라고 사용하였으나, 두음법칙에 의해 모두 '유'를 쓰도록 정부에서 정하였다. 이에 대한 종친회의 반발이 계속되자 1995년 대법원 판결에 이어 다시 2004년 대법원은 '1996년 개정된 호적예규를 보면 한자로 된 성(姓)은 한글맞춤법에 따라 표기하게 되어 있다. 따라서 성을 柳(류), 李(리), 羅(라)로 쓰는 경우에도 두음법칙에 따라 유, 이, 나로 표기해야 한다'고 밝혔다.

17. 서민들이 종이를 꼬아서 만든 노로 총(미투리의 앞·옆쪽에 박힌 낱낱의 올)을 삼은

미투리인 지총미투리(紙鞋)의 변형인 듯하다. 종이를 구하기가 어려워 대신 짚과 삼
베로 신을 삼았던 것으로 여겨진다.

18. 삼이나 모시, 노(실·삼 껍질·헝겊·종이 등으로 가늘게 꼰 줄) 등으로 짚신처럼 삼
은 신. 흔히 날을 여섯 개로 한다. '삼산'이라고도 부른다.

19. 군위군 군위읍 동부리(東部里)에 있는 공립초등학교로 1911년 개교하였다. 1994년
3월 1일 군위동부국민학교를, 1998년 3월 1일 군위남부초등학교를 통폐합하여 군
위초등학교가 되었다.

20. 군위군 효령면에 있는 기독교장로회 소속의 교회로 1958년 3월에 설립되었다. 1982
년 3월 22일 옛 교회를 헐고 새 건물을 지었다. 시골교회지만 진보적이며 수준 있는
교회였던 것으로 보인다.

21. 일본의 정치가. 본명은 하야시 도시스케(林利助)로 야마구치현(山口縣)에서 출생하
였다. 1881년 메이지 정권의 최고지도자로 군림하였다. 1885년 초대 내각 총리대신
이 되고, 1888년 추밀원 의장에 취임하였으며, 러일전쟁 후인 1906년 조선에 통감부
(統監部)가 설치되자 초대 통감으로 부임, 한국 병탄(倂呑)의 기초공작을 수행하였
다. 1909년 중국 하얼빈에서 안중근(安重根, 1879~1910)에게 총탄을 맞고 죽었다.

22. 1949년 6월, 좌익운동을 하다 전향한 사람들을 교화할 목적으로 조직한 반공단체로
정식명칭은 '국민보도연맹'이다. 그해 말에는 가입자 수가 전국적으로 30만 명에
달했는데 주로 사상적 낙인이 찍힌 사람들을 지역별로 할당하여 거의 강제적으로 가
입시켰다. 사상범이 아닌 경우에도 등록되는 경우가 있어 한국전쟁을 전후하여 억
울한 희생자를 내기도 하였다. 한국전쟁이 발발하자 정부와 경찰은 초기 후퇴 과정
에서 이들에 대한 무차별 검속(檢束)과 즉결처분을 단행함으로써 한국전쟁 중 최초
의 집단 민간인 학살을 일으키게 된다.

23. 군위군 우보면에 있는 마을로 해방공간과 한국전쟁을 전후하여 많은 희생자를 낸 곳
이다. 2004년 4월 6일, 육군50사단은 이곳 나호리 무명고지에서 군과 경찰, '6·25
참전용사회' 관계자 등 80여 명이 참석한 가운데 개토제(開土祭, 뫼를 쓸 때 흙을 파
기 전에 토지 신에게 올리는 제사)를 지내고 나호리와 군위군 산성면 조림산(새름
산) 등지에서 유해 발굴 작업을 벌여 소기의 성과를 거두기도 하였다.

24. 군의 중부에 있는 면으로 북동쪽은 의흥면, 남동쪽은 고로면과 영천시, 서쪽은 우보면·부계면에 접한다. 7개 리로 이루어져 있고 밭농사가 발달하여 깨·수박·고추 등이 많이 생산된다.

25. 군위군 산성면 금양동을 지칭하는 지역 고유의 명칭. 1983년 2월 15일 행정구역 개편에 따라 의흥군에 편입되었다.

26. 정식 명칭은 조림산(鳥林山)으로 구술자의 처갓집 뒷산 이름이다. 조림산 일대는 1950년 8월 13일부터 9월 20일까지 국군 제6사단과 북한군 제8사단이 치열한 공방전을 벌인 곳이다. 육군 제50사단이 2004년 4월 6일부터 24일까지 한국전쟁 당시 격전지였던 이곳에서 유해 발굴 작업을 벌이기도 하였다.

27. 군위군 고로면의 산 중에서 해발 828m로 가장 높은 산이다. 영천시의 경계 지역에 위치해 있으며, 광견병에 특효약이라는 화산가뢰가 서식하는 곳으로도 유명하다. 맞은편으로 『삼국유사(三國遺事)』를 쓴 일연(一然, 1206~89)이 말년을 보냈던 인각사(麟角寺)가 자리해 있다.

28. 등에 물건을 넣어서 지는 '배낭'을 의미하는 독일어 Rücksack을 일본식으로 발음한 것을 그대로 따라 사용한 것이다.

29. 문묘(文廟)에 함께 모시는 다섯 성인, 즉 공자(孔子), 안자(顔子), 증자(曾子), 자사(子思), 맹자(孟子)를 모신 서당을 말한다.

30. 1901년 일본 기타규슈(北九州)의 야하타시(八幡市)에 세워진 당시 동양 최대의 제철소로 신일본제철소의 전신.

31. 현삼과의 여러해살이풀로 원포에 재배하며 높이는 30cm 정도이다. 여름에 담홍자색 꽃이 피며 역시 약용(藥用)으로 많이 쓴다.

32. 오곡의 하나로 '조'의 사투리 표현. 경기도, 경상도, 전라도 등지에서 주로 쓰는 사투리이다. 볏과의 한해살이풀. 줄기는 높이가 1~1.5미터이며, 잎은 어긋나고 좁고 길다. 9월에 줄기 끝에 이삭이 나와 원통 모양의 가는 꽃이 피고 열매는 노란색의 작은 구형(球形)이다. 밥을 짓기도 하고 떡, 과자, 엿, 술 등의 원료로 쓴다. 예로부터 "자갈밭에 서숙 갈고"라는 말이 있을 정도로 척박한 환경에서 잘 자라는 작물로 거름을 하지 않아도 자생력이 강해 김매기만 몇 차례 잘해 주면 흉년들 일이 거의 없

라 각지에 분포하여 사람이 먹거나 가축이 사료로 먹을 경우 피해를 준다고 한다.

48. 필자의 구술자 중 최고령자인 무오생(戊午生, 1918년) 손진국(孫鎭國, 대구시 수성구 상동)은 22세 때와 29세 때 겪은 기묘년과 병술년의 흉년을 잘 기억하고 있었다 : "말도 마라. 기묘년 숭년은 지독했다, 지독했어. 해방되고 이듬해도 대단한 숭년이었다 카이. 내가 한창 여 수성벌에서 농사지을 때라 고대로 기억 안 하나. 특히 기묘년이 마이 심했다."

49. 식기(食器)의 경상도 사투리. 주로 수량을 나타내는 말 뒤에 쓰여, 밥그릇이나 음식그릇에 담은 음식의 분량을 세는 단위를 말한다.

50. 꽃잎을 따서 전을 부쳐 먹으며 춤추고 노는 부녀자의 봄놀이인 화전(花煎)놀이, 꽃놀이를 말한다. 가장 보편적인 민속놀이로 예로부터 성행하였는데, 지금도 음력 3월이 되면 각지에서 즐긴다. 요즘에는 회비를 모아 공동으로 음식을 장만하고 놀이를 준비하는 일이 많으나, 옛날에는 각기 음식을 정성껏 마련하여 서로 나누어 먹었다.

51. 콩기름을 짜고 남은 찌꺼기인 '콩깻묵'을 말한다. 일제강점기와 해방공간 등에서는 식용으로도 쓰였으나 이후로는 주로 비료나 사료로 사용되었다. 비료로 사용할 때는 직접 시비하지 않고 미리 부숙(腐熟)시킨다. 근래에는 화학비료가 보급되어 비료로도 거의 사용되지 않는다.

52. 한국의 대표적 개신교 교파로 정식명칭은 '대한예수교장로회', 약칭하여 '예장'으로 불린다. 칼뱅주의에 입각한 장로교 교리, 즉 웨스트민스터 신앙고백에 의한 장로회 헌법과 12신조 및 대소교리문답의 교리를 기본신조로 하는 교파이다. 1907년 33명의 선교사와 36명의 한국인 교도가 평양 장대현교회에서 모여 '조선예수교장로회독로회'를 조직하였다가 1912년에는 독로회 시대를 청산되고 총회가 창설되어 조선예수교장로회총회가 조직되었다. 1954년 김재준 목사를 중심으로 '대한기독교장로회'가 분립되어 나가고 1959년 예수교장로회는 다시 통합파(統合派)와 합동파(合同派)로 분열되었다. 한국교회의 반공이념과 신앙의 순수성 보존을 이유로 세계교회협의회(WCC)에서 탈퇴할 것을 주장하는 측(합동파)이 총회의 결의를 얻지 못하자 회의 도중 퇴장해 또 다시 분립되었다.

53. 무소속과 자유당 소속으로 2~5대(1950~60) 군위군 국회의원을 지냈다. 경성제대 법

문학부를 졸업하고, 식산은행 전주·목포·대구지점장을 거쳐 국회 재경위원장, 자유당 군위군당 위원장, 고등고시위원, 자유당 중앙당정책위원을 역임하였다. 4·19 혁명을 통해 이승만 정권의 영화가 막을 내려가는 과정에서 당시 국회에 의해 이기붕(李起鵬), 최인규(崔仁圭), 이존화(李存華), 신도환(辛道煥), 손도심(孫道心), 장경근(張暻根) 의원 등과 함께 3·15부정선거를 주도한 인물로 지목되기도 하였다.

54. 우리나라의 대표적인 대중가수로 서울에서 태어나 1959년 〈열아홉 순정〉으로 데뷔하였다. 대표곡으로는 〈동백아가씨〉〈섬마을 선생님〉〈흑산도 아가씨〉〈기러기 아빠〉〈황포돛대〉〈여자의 일생〉〈황혼의 블루스〉 등이 있고, 2004년까지 총 2,100여 곡에 달하는 곡을 발표하였다. 타고난 목소리와 무대 매너로 트로트의 여왕, 엘레지의 여왕으로 불린다.

55. 이미자가 1967년 발표한 노래. 이경재 작사, 박춘석 작곡. 몇 소절이 일본곡과 비슷하다는 이유로 〈동백아가씨〉와 함께 금지곡이 되었다가 해금되었다.

56. 1963년 한국 가요사상 최초로 음반판매 10만장을 돌파한 이미자의 대표곡으로 한산도 작사, 백영호 작곡이다. 1962년 설립된 방송윤리위원회에 의해서 '왜색가요, 왜색창법'이라는 이유로 금지곡이 되었다가 최근 해금되었다.

57. 허스키한 저음이 매력적인 부산 출신의 트로트 가수. 1966년 〈동숙의 노래〉로 데뷔하였다. 대표곡으로는 〈돌지 않는 풍차〉(1967), 〈초우〉(1970년대), 〈공항의 이별〉(1972), 〈남자는 여자를 귀찮게 해〉(1992) 등이 있다.

58. 우리나라의 대중가요 가수. 울산에서 출생했으며, 학창 시절 교회 선교사에게서 음악을 배웠다. 1932년 콜럼비아 레코드사가 주최한 신인가수 선발대회에서 입상, 1934년 OK레코드사에 스카우트 되어 손목인(孫牧人) 작곡의 〈타향살이〉, 1935년 〈사막의 한〉을 불러 알려지게 되었다. 아내인 황금심과 함께 국내 각지와 중국 등을 순회 공연하여 인기를 누렸다. 은퇴 후 서울에 동화예술학원을 설립하여 후진양성에 전념했다.

59. 우리나라의 대중가요 가수. '꾀꼬리의 여왕'이라는 별명으로 불렸다. 부산 동래(東萊)에서 태어나 13살 때인 1934년 〈외로운 가로등〉으로 가요계에 데뷔한 뒤, 1938년 빅터 레코드사에서 〈알뜰한 당신〉을 발표하면서 대중가수로 이름을 떨쳤

다. 이후 1950년대까지 〈울산아가씨〉 〈삼다도 소식〉 〈화류춘몽〉 등 4,000여 곡을
발표하였다. 남편 고복수와 함께 일본, 만주, 사할린 섬 등으로 위문공연을 다니며
동포들의 애환을 위로하는 데 힘썼다.

60. 타고난 미성으로 우리나라 가요계의 황제로 불렸던 대중가수. 경남 진주(晉州) 출
생. 15세 때 시에론 레코드사에 들어가 〈눈물의 해협〉을 취입함으로써 가수 생활을
시작하였다. 그후 오케이 레코드사 직영인 조선악극단 등에서 〈인생극장〉 〈애수의
소야곡〉 〈낙화유수〉 〈감격시대〉 〈산유화〉 등 잇달아 히트곡을 불러 인기를 모았으
며, 또한 만주·중국 등지에서도 순회공연을 가졌다. 평생 1,000여 곡을 불렀다.

61. LG전자의 전신으로 1958년 '금성사'라는 이름으로 창립되었다. 1959년 국내최초
로 국산 라디오를, 1965년 국내최초로 냉장고를, 1966년 국내최초 흑백 TV를, 일본
과 FM 및 TV수상기 제작에 관한 기술제휴를 맺고 대당 75%의 주요 부품을 수입하여
생산하였다.

62. 1967년 동남전기공업이 일본 조천전기(현 샤프)와 기술제휴를 맺어 만든 샤프 TV를
말한다.

63. 우리나라의 화폐단위는 몇 번의 변화를 거치는데 처음에는 1950년 6월 12일 한국은
행법에 의해 원(圓)과 소액권인 전(錢)을 병용하다가, 1953년 2월 15일 긴급통화조
치에 의해 원에서 환(圜)으로 바꾸게 된다. 그러다가 다시 1962년 6월 10일 긴급통화
조치에 따라 환에서 원으로 바꾸게 되는데, 원은 한글로 쓰고 영문은 'Won'으로
표기하여 지금까지 사용하고 있다. 원을 '圓'이라는 한자로 쓰면 1950년대의 구화
폐를 가리키게 된다.

64. 구술자가 말하는 국극은 해방 직후 배역을 여성만으로 구성하여 활동했던 여성국극
단(女性國劇團)을 말한다.

65. 원래 무성 영화를 상영할 때 영화에 맞추어 그 내용을 설명하던 사람을 말하는데, 우
리나라에서는 1930년대 이후부터 유성영화가 수입되면서 점차 사라지게 되었다.
그러나 외진 시골에서는 오륙십년대까지도 변사가 활동했던 것으로 보인다.

66. 1960년대 대구 칠성시장 주변 신천(新川)을 사이에 두고 신도극장과 마주 보고 있었
던 재상영관.

67. 영화 「열풍」은 1965년 이신명 감독이 발표하여 크게 흥행한 작품이다. 김석훈·
엄앵란 주연으로 식민지 시대 불행한 연인의 비극적 사랑을 보여준다. 영화의 주제
가로 사용된 이미자의 〈울어라 열풍아〉(작사 한산도, 작곡 백영호)는 〈동백아가씨〉
이후 최고의 레코드 판매량을 기록하면서 크게 히트하였고, 이미자의 60년대 대표
곡의 하나가 되었다. 곡의 전문은 다음과 같다: 못 견디게 괴로워도/ 울지 못하고/ 가
는 님을 웃음으로/ 보내는 마음/ 그 누구가 알아주나/ 기막힌 내 사랑을/ 울어라 열
풍아/ 밤이 새도록(1절), 님을 보낸 아쉬움에/ 흐느끼면서/ 하염없이 헤매 도는/ 서
러운 발길/ 내 가슴의 이 상처를/ 그 누가 달래 주리/ 울어라 열풍아/ 밤이 새도록(2
절). 구술자는 영화제목과 주제가 제목을 혼동한 듯하다.

68. 함경남도 태생의 일본 프로레슬러로 본명은 김신락(金信洛)이다. 1939년 일본에 건
너가 모모타 미쓰코(百田光浩)로 개명하고, 이듬해부터 '역도산(力道山)'이라는
별명으로 일본 씨름(스모)을 시작하게 된다. 강인한 체력과 가라데춉으로 강적들을
제압하고 헤비급 세계 챔피언이 되어 프로레슬링 계를 제패하였다. 1963년 귀국, 한
국의 체육발전을 위하여 서울에 스포츠센터의 건립을 약속했으나, 그해 도쿄(東京)
의 나이트클럽에서 일본 청년의 칼에 찔려 복막염으로 사망하였다. 60년대 당시 역
도산 관련 영화로는 1966년에 개봉한 「역도산의 후계자」와 1967년에 개봉한 「역
도산 세기의 혈투」가 있는데, 구술자가 보았던 영화가 정확히 어느 영화인지는 알
수가 없다.

69. 일제 강점기와 해방공간 및 한국전쟁중, 강제 노동에 동원하기 위하여 만든 노무대.

70. 진지(陣地)를 뜻하는 벙커(bunker)를 말한다. 벙커는 원래 엄폐호(掩蔽壕) 식으로
만든 잠수함 기지를 나타내는 말이었으나, 일반적으로 대공 방호가 된 지하호를 가
리키는 용어로도 쓰이고 있다.

71. 사람이나 가축의 몸에 붙어살면서 피를 빨아먹는 흡혈 기생충으로 발진티푸스·재
귀열·참호열 등을 옮기는 이목의 곤충.

72. 유기염소 계열의 농약이자 살충제인 DDT(dichloro-diphenyl-trichloroethane)를 말
하는 듯하다.

73. 대대 또는 그 이상 급의 부대의 하사관 가운데 가장 높은 계급의 하사관. 군 행정 업

무나 또는 부대 부관의 주 보조원의 역할을 하며 통상 상사와 중사의 계급을 가진다.

74. 군수품 수리와 폐품 재생을 주로 하는 공창인 '육군차량재생창'을 말하는 듯하다.

75. 정식명칭은 '육군첩보부대'. HID는 Headquaters of Intelligence Detachment의 머리글자를 딴 것이다. 육군의 대북첩보를 담당했던 부대로 1951년 창설되어 1972년 육군정보사(AIU, Army Intelligence Unit)에 통합되었다가, 1990년 국군정보사령부(DIC, Defence Intelligence Command)에 편입되었다.

76. 일본말(木戶)에서 온 것으로 주로 극장이나 유흥업소의 출입구를 지키는 문지기를 뜻한다.

77. 전동기나 원동기와 같은 동력원에서 작업부(作業部)에 동력을 전달하는 전동축, 즉 샤프트(transmission shaft)를 말한다. 완충기(Shock absorber)를 '쇼바' 라고 하거나 자동차의 소음기인 머플러(muffler)를 '마후라' 라고 부르는 것 모두 일본식 자동차 용어들이다.

78. 각종 엔진에서 발생하는 동력을 속도에 따라 필요한 회전력으로 바꾸어 전달하는 변속장치를 뜻하는 트랜스미션(transmission)을 역시 일본식으로 발음한 것이다.

79. 미국 GMC트럭에서 생산한 G508 GMC트럭을 말한다. 창군 이후 우리 군이 운용한 2와 ½톤(즉 2.5톤) GMC트럭은 이 모델이 유일하다. 이차대전 당시에도 미군의 기동과 수송의 주역이었다. 6륜구동으로 우리나라 사람들이 흔히 '육발이' 또는 '지에무씨 도라구' 라고 불렸던 트럭이다. 5, 60년대 우리나라의 군용 트럭은 대부분 GMC에서 생산한 것이었다.

80. 미국 닷지자동차(Dodge Motors)에서 이차대전 당시에 생산된 1과 ½톤 G502 트럭으로, 해방 직후 국군 창건기에 미국의 무상원조로 들어오게 되어 60년대 일본 토요타의 J602 트럭이 들어오기 전까지 우리 군의 주력 1과 ½톤 차량으로 운용되었다.

81. 미국이 일본에 대한 경제원조 차원에서 구매하여 우리 군에 무상으로 지원한 트럭으로 1960년 경 일본 도요타 자동차(Toyota Motors)가 생산한 J602 트럭을 말한다.

82. 석축을 쌓는 데 쓰는, 사각뿔 모양의 석재로 견칫돌 혹은 견치석(犬齒石)이 옳은 표현이다.

83. 러시아와 만주를 비롯한 극한(極寒) 지방에서 사용하던 난방 장치(pechka). 돌·벽

돌·진흙 등으로 만든 난로를 벽에 붙여서, 벽을 가열하여 방 안을 따뜻하게 하는 벽
난로를 말한다.

84. 1930년 조선미곡창고(주)로 출발하여 해방 후 정부관리 기업체가 되었다. 1962년
한국운수(주)를 합병하고 철도의 모든 역, 모든 노선, 모든 품목에 대한 소운송업 면
허를 취득하였다. 1963년 대한통운(주)으로 상호를 변경하였고 1968년 정부관리 기
업체에서 완전 민영화하여 동아그룹에 인수되었다. 1977년에는 사우디아라비아 담
맘 항(港) 항만운송사업과 카타르 운송사업 및 관련 사업 진출을 기점으로 중동에 진
출하였다. 구술자가 담맘 항 하역 인부로 일한 것도 이즈음이다.

85. 평북 용천 출신의 군인·정치가로 5·16군사정변 이전에 육군참모총장으로 재직했
다. 박정희 소장이 5·16군사정변을 일으키자 이에 대해 사실상 방조하는 태도를 취
했다. 이후 계엄사령관, 국가재건최고회의 의장 등으로 추대되었지만 같은 해 6월
정변 주체세력에 의해 해임되고 8월 중장으로 예편되었다. 10월 반혁명 혐의로 기소
되어 1962년 3월 무기징역을 선고받았으나, 5월 형 집행 면제로 풀려났다. 그후 미국
으로 이민을 떠나게 된다.

86. 한국의 정치가·독립운동가. 상하이(上海) 임시정부수립 후 내무차장·외무차장
등을 지냈다. 국내에 들어 와 국회의장을 역임하였고 1956년 민주당 공천으로 대통
령에 입후보, 자유당의 이승만과 맞서 호남지방으로 유세 가던 중 열차 안에서 뇌일
혈로 급서했다. 1962년 건국훈장 대한민국장이 추서되었다.

87. 인천 출신의 한국 정치가. 1948년 제3차 유엔총회에 수석대표로 참석하여 한국의 국
제적 승인을 위하여 노력했으며, 이어 대통령 특사로 교황청을 방문한 후 미국에 가
서 맨해튼 대학에서 법학박사 학위를 받았다. 한국전쟁 때는 주미대사로 있으면서
유엔과 미국의 지원을 얻어 내는 데 크게 기여하였고, 4·19혁명 후 제5대 민의원(民
議員)을 거쳐 내각책임제 하의 제2공화국 국무총리로 선출되어 정권을 장악하였으
나 사회 혼란과 무질서로 인해 1961년 5·16군사정변을 초래하여 총리 취임 9개월 만
에 실각하였다.

88. 1957년 강성병이라는 사기꾼이 이승만의 양자이자 이기붕의 아들이었던 이강석(李
康石)을 사칭하며 전국의 주요 관청과 기업의 고위 관료와 기업인들에게 향응과 뇌

물을 받은 사건.

89. 당시 집권당인 자유당이 민주당 대통령후보인 조병옥(趙炳玉, 1894~1960)이 신병 치료차 미국으로 건너간 틈을 타 1960년 5월중에 실시하기로 되어 있는 정·부통령 선거를 2개월이나 앞당겨 3월 15일 날 실시한 부정선거. 조병옥이 선거가 한 달 남은 2월 15일 심장마비를 일으켜 사망하여 이승만 후보의 당선이 확실시되자, 이기붕 (李起鵬, 1896~1960)을 부통령에 당선시키기 위해 선거를 부정과 폭력으로 자행하 여 국민들의 공분을 일으킨 선거이다.

90. 1972년 10월 17일 대통령 박정희가 한국적 민주주의라는 이름하에 장기집권을 목적 으로 단행한 초헌법적 비상조치인 '10월 유신(十月維新)'을 말한다.

91. 1960년 4·19혁명 후 7·29총선거를 통하여 집권당이 된 민주당(民主黨)의 구파(舊 派)가 분당하여 1960년 12월 14일 창당하였다. 그후 반 년 간 제1야당의 입장에서 별 다른 정치활동을 벌일 사이도 없이 1961년 5·16군사정변으로 일체의 정치활동이 중지됨에 따라 해체되었다. 여기에서 구술자는 자신이 가입한 당을 신민당으로 알 고 있으나 시기상, 정황상 신민당인지 민주당인지 확실치 않다.

92. 군위군 고로면에 있었던 초등학교. 1996년 3월 폐교된 후 그 자리에 현재는 '옹기나 라'라는 공예체험학습원이 입주해 있다.

93. 정식 명칭은 벨벳(velvet)으로, 비로드(veludo) 또는 우단(羽緞)이라고도 한다. 직물 의 표면에 연한 섬유털이 치밀하게 심어진 옷감으로 특이한 광택·촉감 및 외관 등 으로 진귀하게 여겨졌다.

94. 백보루는 정확히 어떤 옷감을 말하는 지 알 수 없다. 다만 나일론이나 폴리에스테르 계열의 옷인 듯하다. 주적삼은 보통 윗도리에 입는 홑저고리.

95. 자작나뭇과의 낙엽 교목으로 보통 오리나무라고 한다. 높이는 20미터 정도이며, 잎 은 어긋나고 타원형 또는 피침 모양으로 가장자리에 톱니가 있다. 3~4월에 잎보다 먼저 어두운 자갈색 단성화가 피고 열매는 솔방울 모양의 견과(堅果)로 가을에 익는 다. 재목은 건축과 가구 제작에 쓰고 껍질과 열매는 타닌산을 함유하여 염료로 쓴다.

96. 법을 어긴 군인을 징계 목적으로 일정한 장소에 구금하거나 처벌하기 위하여 부대 안에 설치한 감옥을 말한다. 감옥이라는 말의 대용으로 쓰인 듯하다.

97. 화산가뢰 혹은 화산갈(蠍)로 불리는 희귀종의 곤충. 색이 검고 몸이 둥글납작한 곤충의 일종인 갑충(甲蟲)으로 고로면의 화산(華山) 일대에 주로 서식하고 있다. 미친 개에게 물렸을 때 효과가 좋다고 알려져 왔고, 약리학적으로는 증명이 되지 않았으나 한방에서 매우 귀중한 약재로 사용되고 있다. 봄에는 곡우(穀雨, 4월 20일경)계절 경에 많이 나오며 여름에도 조금 있으나 풀이 무성하여 좀처럼 사람의 눈에 띄지 않고, 겨울에는 전혀 볼 수 없다. 약으로 사용하는 부분은 벌레 전체이며 이중 머리와 발은 버린다. 학명은 동물목남가래이다. 머리통은 작고 납작하며, 앞가슴은 가늘고 작다. 암컷은 수컷보다 몸이 크고 날개는 짧으며 무르고 날지 못해 돌 틈이나 나무껍질 속에서 산다. 몸길이가 11~27mm 정도이며, 흰색의 둥글고 납작한 알을 50~100개 정도 낳는다.

98. 갈조류 모자반과의 해조. 몸은 섬유상의 뿌리로 지탱되며, 줄기는 원기둥 모양이다. 늦은 여름 발아하여 겨울에 자라기 시작하여 이듬해 봄이 되면 30~100cm까지 자라서 여름에 말라 죽는다. 바닷가 바윗돌에 붙어 자라는데 채취하여 잎을 식용한다. 모자반으로 통칭하기도 한다.

99. 1969년 6월 10일, 선상 역사(線上驛舍)로 신축 되었다. 총 부지 121,962평, 건물 7,811평으로서 대구시 동구 신암4동에 소재하고 있다. 영남지역의 교통중심지인 대구광역시와 경북권 주민들의 수송을 책임지고 있는 역이다. 동대구역의 신축으로 1905년 경부선 개통과 함께 대구·경북 지역 첫 기차역이었던 대구역은 그 위상이 급격히 쇠퇴하게 되었다.

100. 마루보시(丸星)는 원래 1934년 일제강점기 때 대구 태평로 2가에 설립된 운수회사의 이름으로써 대한통운의 모체가 되는 철도 운송 하역 업체를 말한다. 이후 마루보시라는 말은 철도역에서 이루어지는 하역작업과 작업을 하는 사람들을 모두 통칭하는 것으로 쓰인 듯하다.

101. 미국 보잉사(Boeing)가 제작한 4발 장거리용 제트 항공기인 보잉 747-300을 말한다. 초대형 민간여객기로 장거리 국제선의 표준기종으로 되어 있는 기종으로 통상 B-747로 부르고 있다.

102. 사우디아라비아의 동부 샤르키야 주(州)의 주도(州都)로 수도 리야드와 페르시아

만(灣)을 연결하는 철도의 종점이며, 일용품·식량·건설자재·중기계 등의 수입과 석유를 적출하는 항구도시이다. 이곳은 1932년 앞바다의 바레인 섬에서 석유가 시굴되어 세계의 이목을 끌었으며, 1938년에는 담맘에서도 시굴에 성공하였다. 그후 유전구역이 점차 넓어져서 세계 굴지의 산유량을 자랑하기에 이르렀고, 석유관계 근로자의 주거지구로서 급속히 발전하였다. 1977년에는 대한통운이 담맘 항(港) 항만운송사업을 시작하였을 때 우리나라의 많은 근로자들이 하역인부로 일하였던 곳이다.

103. 대구시 동구 신암1동에 소재하고 있는 실업계 공립고등학교로 대구의 가장 대표적인 공업고등학교이다. 1925년 대구공립공업보습학교 설립 인가를 받아 개교하였고, 이후 1950년 대구공업고등학교로 인가를 받아 오늘에 이르고 있다.

104. 경북 경산시 하양읍에 있는 사립 고등학교. 1975년 3월 3일 가톨릭 건학이념에 따라 남녀공학으로 개교하였다. 1986년 남자 21학급으로 학칙을 변경하였고 1999년 3월 1일 학칭 변경에 따라 효성가톨릭대학교 사범대학 무학고등학교로 교명이 변경되었다. 구술자는 남녀공학을 여고로 생각한 듯하다.

105. Gross National Products의 머리글을 딴 것으로, 국민경제가 1년 동안 생산한 최종생산물(재화·서비스)을 시장가격으로 평가한 총액, 즉 국민총생산을 말한다.

106. 여기서 IMF는 국제 통화 기금(International Monetary Fund)을 말하는 것이 아니라, 1997년의 외환위기 사태를 말하는 것이다. 즉 1997년 1월 23일 한보철강 부도, 대외신인도 추락을 시작으로 대기업들의 연쇄적인 부도, 화의, 법정관리, 계속되는 주가 하락과 환율 상승, 한국은행 외환보유고의 고갈 등 일련의 사태로 인해 그해 11월 21일 결국 IMF에 구제 금융을 공식요청하게 되고 12월 3일, IMF구제금융 합의 이후 공황에 의한 경기 후퇴가 더욱 심화되어 총체적인 국가 경제 위기에 빠지게 된 것을 가리키는 것이다.

107. 1973년 '청구주택개발공사'라는 이름으로 대구에서 설립된 건설업체인 '청구주택'을 말한다. 우방, 서한과 더불어 대구의 아파트 건설을 이끌어 가던 3대 건설 회사였으나 1997년 IMF외환위기와 부실경영으로 말미암아 그해 말 부도를 겪었고 2006년에 이르러 다시 재도약의 계기를 맞고 있다.

108. 대구시 수성구 만촌동에 있는 특1급 호텔로 2001년 개관하였다. 구술자가 살고 있는 방촌동과 금호강을 사이에 두고 마주 보고 있다.

109. 실린더 속에서 가열하여 녹인 플라스틱 재료를 노즐을 통하여 폐쇄된 거푸집 속에 밀어 넣고, 냉각하여 고체의 물건을 만드는 기계.

110. 공장에 관한 사무, 즉 공무(工務)를 맡아 봤던 것으로 보아 공장장(工場長)을 말하는 듯하다.

111. 공사판에서 막일을 하는 일꾼을 말한다. 일꾼들이 공사장 주변의 작은 토방에서 숙식을 해결하며 일했기 때문에 붙여진 이름이라고 한다.

112. 1968년 농어촌개발공사(현 농수산물유통공사)와 합작해서 대구 방촌동에 설립된 농산물 가공 및 저장을 주로 하는 식품업체. 1973년 농어촌개발공사로부터 독립해 민영화하였다. 2002년, 상호를 (주)푸드웰(Foodwell Co., Ltd.)로 변경하였다. 주요 사업은 밤, 딸기, 사과, 배 등의 각종 농산물을 자체 가공 혹은 포장하여 판매 또는 수출하는 것이다.

113. 대구시 북구 칠성동에 있는 재래시장으로 1950년대부터 주변지역 농민들이 생산한 농산물을 칠성동 신천둔치 부분으로 가져가 판매하기 시작하면서 생겨났다. 인근에 위치한 동촌, 조야, 무태 등 인근 동민들이 생산한 농산물을 대량으로 판매하기 시작하면서 전국 농민들이 농·수산물을 가져와 위탁 내지는 경매를 통하여 소비자에게 판매하는 대형시장으로 발전했다. 서문시장과 더불어 대구의 2대 재래시장으로 꼽는다.

114. 자리, 구역, 곳, 건수, 몫 혹은 기부나 비용 분담의 단위(單位)를 이르는 일본말. 본문에서 구술자는 '구역(區域)'의 뜻으로 쓰고 있다.

115. 한중수교 이전까지 '중국'을 지칭할 때 주로 사용하던 용어로 '중화 인민 공화국(中華人民共和國)'의 줄임말.

116. 대구 소재의 알루미늄 섀시를 주로 생산하는 비철금속 제조업체로 1947년 남선경금속공업사로 출발하여 1965년 남선압출 공장을 설립하였고, 1973년 남선경금속공업(주)으로 법인등록을 한 후 (주)남선알미늄으로 오늘에 이르고 있다.

117. 음력 삼월 삼일. 봄을 알리는 대표적인 명절로 이때부터 본격적으로 씨앗 뿌리기가

시작된다. 상사(上巳), 답청절(踏青節)이라고도 부른다. 진달래꽃으로 전을 부쳐 먹는 화전놀이, 나비를 보고 길흉을 점치는 나비 점, 봄에 제비를 처음 보았을 때, 그 제비에게 절을 세 번 하는 제비맞이 등이 행해진다.

118. 대구 남부주차장에서 경산 방향으로 가는 첫째 고갯길. 약 50년 전만 해도 우마차 가 겨우 다닐 정도의 좁은 신작로였으나 현재는 영남대학교, 경산, 청도로 가는 주 요한 길목이다. 임진왜란 당시 명나라에서 귀화하여 잔신의 마을을 대명동(大明 洞)이라 이름 지어 세거했던 두사충(杜師忠) 장군이 이 고개 부근에서 담이 끓으면 서 숨을 거두었다고 해서 담티고개라고 부른다는 설도 있고, 고개의 모양이 담처럼 길게 뻗어 있다고 하여 담고개 또는 담티고개라고 부른다는 설도 있다.

119. 조상의 제사를 받들어 모시는 봉사(奉祀)를 말한다. 기제(忌祭)는 사대봉사(四代 奉祀)가 원칙이다. 자기로부터 부, 조부, 증조부, 고조부는 차례로 1대, 2대, 3대, 4 대로 계산하며, 그러므로 고조부는 4대조가 된다. 구술자는 자식으로부터 계산하 여 오대 봉제사라고 말한 듯하다.

120. 대구시 동구 신천동에서 1946년에 개교한 기독교장로회 교단 소속의 남자 사립 고 등학교. 2006년 1월 23일 대구시 동구 봉무동 교사로 이전하였다.

121. 정식 명칭은 '한국기독교장로회', 약칭하여 '기장'으로 불린다. 1953년 김재준 (金在俊, 1901~87) 목사 등이 중심이 되어 대한예수교장로회에서 분립하여 형성된 교단으로 대한예수교장로회(약칭 예장)와 그 뿌리는 같으나, 1947년 제33회 총회 이후 김재준 등이 주축이 되어 세운 조선신학교(한신대학교의 전신) 문제를 둘러싸 고 일련의 사건이 벌어지면서 분립의 길을 걷기 시작하였다. 조선신학교는 17세기 정통주의 신학과 19세기 자유주의 신학의 중간노선이라고 할 수 있는 신정통주의 입장을 취했으나, 성서의 축자영감설(逐字靈感說)을 신봉하는 박형룡(朴亨龍, 1987~1978) 목사를 주축으로 한 보수진영에서 '성서 무오류'를 주장하면서 기독 교장로교 측을 극단적 자유주의로 혹평함으로써 완전 결별로 치닫게 된 것이다. 영 신초·중·고등학교가 대구의 대표적인 '기장' 교단 소속의 학교이다.

가계도

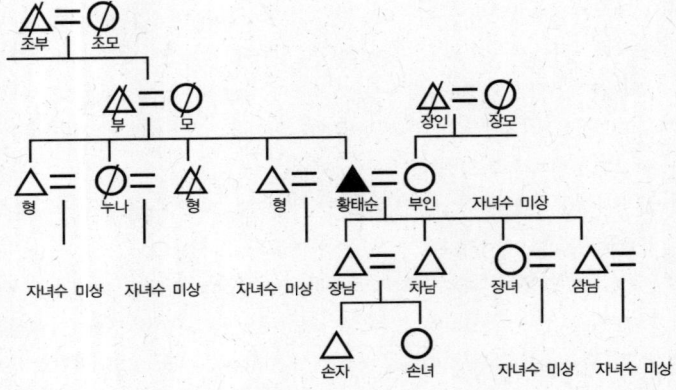

△ 남자
○ 여자
╱ 사망

196

연보

1935년(1세) 11월 21일(음)	경상북도 군위군 효령면 행동에서 덕산 황씨 집안 오남매의 막내로 출생.
1940년(6세)	할머니 돌아가심.
1946년(11세) 7월 25일	오천학교 입학한 후 월반하여 공부함. 이해 흉년이 들어 보릿고개로 많은 사람이 고통을 당함.
1948년(13세)	집안 살림을 위해 손이 부르트도록 길쌈을 했던 한 분뿐이던 네 살 연상의 누님이 독감으로 세상을 떠남.
1950년(15세) 7월	한국전쟁이 일어난 지 열흘 만에 소식을 들음. 선생님의 지시로 학교에서 키우던 새끼 돼지의 먹이를 주러 감.
1951년(16세) 2월	전쟁의 와중에 오천학교를 졸업하고 본격적으로 농사를 지음.
1954년(19세)	둘째 형님이 전쟁 때 피난 갔다가 얻은 폐병으로 딸 하나만을 남긴 채 세상을 떠남. 숙모는 재가를 함.
1955년(20세)	담배농사를 처음으로 시작함.
1956년(21세) 5월 5일	나무하러 갔다가 심한 황사(黃紗)를 겪고 대통령 후보였던 신익희가 죽었다는 소식을 들음.
1958년(23세) 5월 8일	군에 입대하여 논산훈련소를 거쳐 수송부에 배속됨. 대전 3관구에서 운전면허를 취득하고, 방첩부대와 26

	사단 포병부대에서 운전병으로 복무함.
1961년(26세) 12월 27일	군에서 제대하고 일주일 만에 산성면 금양동 출신의 다섯 살 아래 손천봉과 결혼함.
1962년(27세)	야당(신민당?) 군위지부에 가입하여 당원이 됨. 교직에 있던 형님이 그로 인해 애를 먹음.
1963년(28세) 4월 9일(음)	큰아들 태어남.
1965년(30세) 9월 27일(음)	둘째 아들 태어남.
1967년(32세) 11월 21일(음)	큰딸 태어남. 큰집 가까이 따로 집을 지어 독립함.
1968년(33세)	대구로 이사. 신암4동에서 달세로 살면서 동대구역 신축 공사장에서 일 년간 막노동으로 생계를 꾸림.
1969년(34세)	군위에 있던 집을 대구로 뜯어 와 동구 방촌동 지금의 자리에 짓고 있던 중 어머님 돌아가심.
1970년(35세)	고향에서 가져온 고추를 대구 곳곳에 돌아다니며 팔아 모은 돈으로 큰아들 중이염 수술을 함. 대구 본역에서 소 한 마리를 판 돈 오십만원을 써서 화물 하역을 주로 담당하는 '마루보시'로 취직함.
1971년(36세) 2월 27일(음)	막내아들 태어남.
1975년(40세)	마루보시로 일할 때 처음으로 경산 사람이 사 온 일제 경운기를 구경함. 당시 경운기 가격은 삼십만원.
1976년(41세)	부인이 '남선알미늄' 공장에서 새시 만드는 일을 하기 시작함. 이후 십여 년간 일하고 퇴직금 이백만원을 받아 처남 사업자금으로 들어감.
1977년(42세)	향년 53의 젊은 나이에 위암으로 장모님 돌아가심. 마루보시로 일하는 틈틈이 여름철 화물 비수기 때 '협성농산'에서 마루보시 동료 십여 명을 데리고 하역작업 아르바이트를 칠팔 년간 함. 이때 번 돈으로 냉장고를 구입함.
1978년(43세)	동남샤프 중고 텔레비전을 구입함. 부정이 심했던 마루보

	시 분회장을 법정소송을 통해 몰아냈으나 중앙정보부의 압력으로 팔 년간 일하던 마루보시를 그만두고 해외 취업을 준비함.
1979년(44세)	'대한통운' 소속으로 사우디 담맘 항에서 하역작업 인부로 일함.
1981년(46세) 1월 2일	일 년 이 개월간의 사우디 일을 마치고 귀국함. 고로면의 과수원을 개간하기 시작함. 종 누님이 운영하던 '제일농기구'에 들어가 이후 팔 년간 일함.
1982년(47세)	군위군 고로면에 있던 과수원의 방천을 보수하기 위해 경운기를 처음으로 구입함.
1983년(48세)	향년 69세로 장인어른 돌아가심.
1988년(53세)	'제일농기구'를 그만두고 제일합섬 하청 섬유공장에서 사 개월 가량 근무하다 그만두고 다시 막노동을 시작함.
1991년(56세)	가구를 만드는 '영전산업'에 들어가 문짝 만드는 일을 함.
1992년(57세) 5월 30일	큰아들 결혼함. 낚시에 취미를 들이기 시작함.
1995년(60세) 2월	큰딸 결혼함.
1996년(61세) 11월	대구 '김회장 암소숯불갈비식당'에서 가족 친지들과 함께 단란하게 회갑연을 가짐.
1997년(62세)	IMF사태로 청구주택이 부도가 나 '영전산업'도 문을 닫음. 임금으로 육 개월짜리 어음을 받았으나 휴지조각이 됨.
1998년(63세)	3월부터 '인터불고호텔' 공사장 경비를 맡아 매달 육십만원을 받고 구 개월간 일함.
1999년(64세)	매달 팔십만원을 받기로 하고 영천 '유성자동차부품회사'로 옮겨 이후 삼사 년 정도 근무함.
2001년(67세) 11월 25일	막내아들 결혼함.
2002년(68세)	'유성자동차부품회사'를 그만두고 일거리가 있는 대로 막노동이나 공공근로 등의 일을 맡아 함.

2004년(70세)	봄부터 이군사령부 부근에 있는 땅을 빌려 텃밭 농사를 시작함.
2005년(71세) 3월 3일(음)	동구 보건소에서 가로수나 하수도에 약을 치는 공공근로 중 뇌졸중으로 병원에 입원하였으나 다행히 곧 회복함.
2006년(72세)	칠순 잔치를 대신하여 자식들이 준 돈으로 부부동반 중국여행을 함. 등산을 시작함.
2007년(73세)	현재, 낚시·텃밭 농사·등산 등을 하면서 틈틈이 작은 일거리라도 들어오면 맡아서 하며 여생을 보내고 있음.